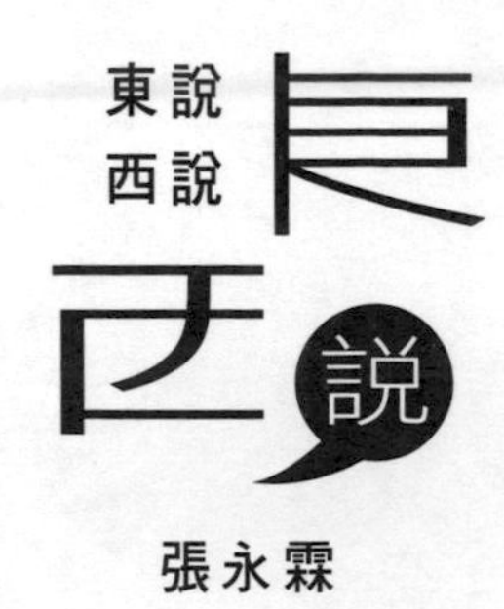
東說
西說
東西說
張永霖

目次

277 259 249 231 217 207 195 183 169 161 151 143 125 117

M H O X F J V K W G Y B N J

久違了，成人的童話書／劉鋆

還是習慣用「大熊」來稱呼本書作者。剛認識他的時候，覺得他身上除了怪，就是異。用現在流行的話來說，應該就是不正常人類，憤青一個，但廣告公司就喜歡找這樣的文案，真是奇怪。因此看到大熊寫出「東說西說東西說」這本書的時候，發現他的人格似乎有了改變，跟十五年前的大熊相比，現在的大熊，或者該說這本書的作者，柔軟浪漫多了。不知道是不是跟他這幾年來開始讀經學佛有關。

大熊說，因為人類太自大太驕傲，看不起其他，因此他要為一起生活在這個大千世界裡的「物」發聲。起初，我最喜歡那個有著人類慾望，為了愛，甘願犧牲讓自己變成一朵朵泡沫的肥皂；後來我在驅魔師身上看到記憶中的大熊；接著便是那一列想要擁有完全自由，不想被軌道約束生命方向的列車……。不管是哪個字母的故事，都給我一種「久違了，我的童話故事」的喜樂感。

有多久我們沒有去讀這些像童話一般充滿想像力的書呢？為什麼當我們青春期之後就把「童話」從書架上拿掉呢？我們一邊成長一邊只聽得見自己的聲音。孩童時的我們，不只會跟小狗小貓說話，也會跟自己喜歡的玩具說話，甚至，跟假想的朋友分享心事。但是就在不知何時的時候，這些都沒有了。為了讓自己成熟、有知識、像大人一樣的思想，我們離自然、離初心愈來愈遠。我們覺得那些三、四十歲還在看漫畫的男人是怪大叔……會對著山對著樹說話的人都是精神有問題的……。

大熊的這本書讓我想起最近有部相當受歡迎的美國影集，背景在波特蘭，影集的主角是一個可以看得見鬼物的警探，波特蘭這個城市裡稀奇古怪的事件層出不窮，但多虧了警探的「慧眼」，看出兇嫌的真面目，才能破案。當然，這個影集的另一個重點是，這個警探其實也能跟這些死對頭「鬼物」成為好朋友的，只要彼此拿出真面目，以及，用一顆真誠的心幫助對方。

東西會說話的這些想像，都是來自一個大人，這個大人歷經不少世事後懂得開始傾聽；這個大人經歷著並不美麗的人生之後還願意保有夢想和童心。出乎意料，大熊的這本書裡，有很多童趣化的慾望和夢想，讓書裡的角色更貼近真實的人性，就像，那雙離開主人的臭腳丫就活不下去的運動鞋。

如果要用音樂做比喻的話，這本書裡的故事就像浪漫時期的作品，多以小調出現，描述更多屬於陰暗的美，以及對於不可知的追求。「東說西說東西說」不是鉅作，是作者的個性小品，是給大人看的童話書。

現在，我有一個願望，我想找個時間探望一下大熊家的那台老冰箱，並跟它好好聊聊，聽聽它會跟我說些甚麼？

自序

故事要從家裡的電冰箱壞掉開始，這一台美國冰箱在我們家快要二十年，跟著我們搬遷輾轉，到了去年夏天已經有了快要壽終正寢的現象，冷凍庫無法結冰冷藏庫也要冷不冷，在夏天嚴酷熱力的考驗下，基本上已不堪使用，問父親要不要換掉這台冰箱，父親不肯。

父親的理由是「現在租人家房子，能不要換就不要換，搬家很麻煩，冰箱很大可以放很多東西……」，但夏天那麼熱食物很容易壞，再問父親，逼急的他生氣得說：「你們這些年輕人很沒有感情ㄟ，這台冰箱在我們家快二十年，是我跟你媽為了這個家一起買的……」，那一刻我明白了父親不肯換冰箱的原因，這台冰箱對他而言不只是冰箱，還承載了二十年他對這個家的感情跟記憶，更何況這台冰箱上還黏著一些過世母親貼在上面的冰箱貼紙，母親以前出國玩時，總會買一些漂亮的冰箱貼回來貼在上面，這台冰箱對父親而言已經不只是冰箱。

那時我在想，如果這台冰箱有靈性會說話，它會怎樣訴說這個它陪伴快一生的地方，有了這樣的起頭，開始想寫一本以物為主角的書。

對於從小有時間就待在漫畫小說出租店的我，武俠神怪奇異科幻一直是我生活的主題，記得高中時看環珠樓主的「蜀山劍俠傳」，那時最大的夢想，就是想成為一位劍仙，能馳騁一道劍光劃破天際遨遊四海。

所以我一直相信一些稀奇古怪的事，一直相信有靈性的存在，越長越大接觸了一些心靈成長的書籍，直到這幾年接觸了佛學，更讓我堅信了萬物有靈這件事。

萬物都是有靈性的，存在就有力量，萬物存在都有它的理由，都是天道循環運傳下的必須，人也是萬物的一部分，只是人自以為是萬物的主角，在不斷擴張自我的情況下，人就變成了地球的癌細胞，不但吞噬自己同類，也不斷侵犯跟自己一起存在的物種，破壞自己生存的懷境。

一直好奇人為何要以這種，最終會滅絕自己的方式存在呢？

佛讓我明白，這是因為人太在意我追求我，人不應該是為我而存在。

所以寫一本不是以人為主角的書，而是以物為主角的書，傳達一些自己關於「我」淺薄的想法，以童書的書寫形式，在有趣的故事中希望激起人的一絲良善。

寫這篇序時，家裡的老冰箱依然存在著，仍然以它年邁的身軀發出微弱的冷，保存這家的食物，有時看到它會想到過世的母親，那時肺積水嚴重的她，半夜一個人爬起來，不想吵到我跟父親，拖著沉重的腳步在客廳來回行走運動，為了想要活下來繼續陪伴我們。

我想除非它不再運轉了，我不會放棄它，謹以此書獻給我的母親。

H

H

今天早上天空一片陰霾，看著天空一層層厚厚的烏雲，H君心想，

「待會應該會下場大雨吧？」

摸了摸包包，H君慶幸自己有帶傘出門，身邊的人紛紛加快腳步，一副逃難的景況，有人還不時伸出手掌朝上測試雨下了沒，一副害怕遇到雨的樣子。

「是忘記帶傘出門了嗎？下雨有這麼可怕嗎？」

與別人匆忙的腳步相比，H君的腳步顯得悠閒，因為H君是喜歡雨天的。

H君認為雨是一個偉大的水墨畫家，它能把城市的線條變得模糊柔和，把醜陋的現實感沖淡，讓城市有種氤氳的美感帶點詩意，H君尤其喜歡躲在傘下的感覺，自己和空間的距離因雨絲變得更明顯，不再是一片空，這樣虛實的距離形成一個如同結界般的空間，讓H君很有安全感。

但不幸的是一路走到捷運站，半滴雨都沒有飄下來，帶著失望的心情走進捷運站，等了一會車來了，H君走進車廂找了個位子坐下，心情還是有點沮喪。

「好可惜！剛剛雨沒有下。」

H君心中默默地懊惱著。

「想不到你也有這樣的心情……」

在H君覺得遺憾的同時，耳朵突然響起這樣的聲音。

H君：「是誰在對我說話？」

H君驚惶地向四處張望，左右的乘客不是在發呆想事情，就是在低頭玩手機跟平板，不像是在跟他說話。

「是我啦！看這裡！」

聲音又再度響起。

向傳來聲音的方向望去，H君發現說話的是一隻靠在鄰座乘客腿上，一把看起來很高貴黑色的長雨傘，乘客是一個穿西裝打領帶，穿著很紳士看起來很有品味，有著灰白頭髮的中年男子，此刻正閉著眼在打瞌睡。

H君：「傘竟然會說話？！」

H君驚疑地問。

黑傘：「世上萬事萬物都會說話，只是你聽不聽得見。」

黑傘這樣訴說著以充滿智者的口吻。

H君轉頭看看四周，發現別的人不是在發呆就是在忙自己的事，好像都沒聽見雨傘在說話。

H君：「為什麼只有我聽到你說話，別人都沒聽見？」

H君好奇的問。

黑傘：「因為我們有相同的心情都期待著下雨，通常有相同心情的人，就比較能聽懂彼此說的話。」

黑傘這樣說著。

這時H君聽見車廂裏其他乘客的傘，開始此起彼落地交談著。

「我們都很期待下雨啊！」

「是啊！」⋯「是啊！」⋯

「最好來一場傾盆大雨，我喜歡雨滴重重落在我身上的感覺，像是做了場按摩一樣全身好舒暢。」

一支粗壯的折疊傘興奮地訴說著。

「我不喜歡傾盆大雨我喜歡微微的小雨，這樣我才能美美地過街，不會看起來太狼狽。」

一支顏色繽紛的花雨傘花枝招展地說笑著。

「我喜歡聽雨聲，每次下雨時，我都希望雨下大點再下大點，當這個世界只剩雨聲，這個世界將會變得非常安靜。」

一支身上有白圓點，很有草間彌生風格的的紅色雨傘，忘我出神細訴著。

「看來這支身上有著白圓點的紅色雨傘是個小文青！」

H心裡這樣想著。

「我喜歡雨天但不喜歡打雷，雷聲好大好可怕喔！每次都好擔心被打到！」

一支在便利商店賣的透明塑膠傘一邊發抖一邊說。

「我也是ㄟ！」

「我也很害怕⋯」

「不會啦！你們想太多！」

⋯⋯⋯

車廂裡的每支雨傘紛紛回應，並各自興奮地訴說起自己喜歡的雨天跟理由，整個車廂熱鬧異常，H君開心地聽著。

歡樂時間總是特別的短，車很快到了H君要下的站，H君跟雨傘們道別。

H君：「很高興跟你們聊天，希望以後還有機會。」

「我們也很高興，路上要小心啊！」

雨傘們一起齊聲回應。

黑傘：「我聞到下雨氣味了，外面正下著一場精采大雨，要準備好你的雨傘。」

黑傘這樣叮嚀著即將要離去的H君。

向黑色長雨傘道謝後，帶著依依不捨的心情H君走出車廂。走到捷運站口外面果然已經下起傾盆大雨，拿出放在包包中的折疊傘，按了自動開傘的開關，傘彈開的那一剎那，H君彷彿聽見「耶！」一聲歡呼聲，帶著笑容撐起雨傘H君邁開大步走進雨中。

0

O

走在上班的路上，O女一直覺得有什麼東西在後面跟著她，轉身一看。

「沒有人啊！」

後面都是些跟她一樣趕著上班的人，大家的腳步都匆匆忙忙，看起來不像有人在跟蹤她，想想可能是自己太敏感了，轉過身去O女繼續往上班的路途走去，但走著走著被追蹤的感覺卻越來越強烈，O女又猛地一轉身，好險後方沒人，不然一定會被O女這突然的舉動嚇到。

O女：「什麼都沒有啊？」

嘟囔了幾聲，剛在想是不是平常偵探片看太多在發神經，地上突然掠過一團黑影，O女抬頭往上看，發現有一朵雲，一朵純白的雲正在自己頭頂上飄過來飄過去，O女抬頭對雲說。

O女：「喂！你這朵雲很奇怪，沒事在我頭上晃來晃去幹嘛？是在跟蹤我嗎？」

雲：「跟蹤？我沒有跟蹤你，是你召喚我來的。」

雲用無辜的口氣回答著O女。

O女：「召喚？」

O心想自己何時有魔法了可以召喚雲？想想自己最近做的事跟魔法有關的，除了看了重播的哈利波特就是喝了碗巫婆湯，可是巫婆湯只能減肥啊！

O女：「是那碗巫婆湯的關係嗎？」

O女吃驚地問。

雲：「呸！呸！呸！想到哪裡去了，是你內心藏著一團巨大思念，是那團思念召喚我來的。」

想不到自己深藏在心中許久的思念，雲竟然會知道，跟現今世面上見一個愛一個的花癡相比，O女覺得自己算是專情的。從大學開始一直暗戀著她大學的學長，由於學長已經有了女朋友，O女只能在一旁默默地愛著，九年了！思念與愛意未曾一天斷過。

雲：「很佩服你可以單戀一個人這麼久，你真是世上難得的純情女子，但你不覺得這樣的愛法，很浪費愛跟青春嗎？」

O女：「沒辦法啊！除了他，我就是沒有辦法喜歡別人。」

用無辜眼神望向雲朵，O女的思緒瞬間飄回十年前大學時期。

O女想起第一次見到學長的畫面，大一新生訓練那天還沒走進系館，學長就站在系館前的階梯上，那是個炎熱的夏天，學長穿著一件無袖的背心和合身的牛仔褲，身材不高但卻非常結實有肉，略帶方形的臉有著濃濃的眉毛和挺拔厚實的鼻梁，臉上戴著一副墨鏡，酷酷的帥勁就像當時受歡迎的外國偶像「湯姆克魯斯」。

學長就這樣站在階梯上對著她一笑，那是一個比九月的陽光更燦爛的笑容，就那一笑O女全身瞬間被一股強大電流串過，O女被電到了。

在這之前「電到」這個字眼，對O女來說只是一個形容詞，一個出現在文藝小說跟愛情電影中的形容詞，一個過度的形容詞，O女其實不是很明白，為何要用電到，來形容兩個男女初次見面時的感覺，O女被電到過，被真正的電，家裡電燈開關的電，那真是一件難受的事，一點都不美好。

但O女現在被電到了，一股電流正激烈地穿過她的身體，突然的張狂的沒有預告的還不會很難受，有點飄飄然還很美好。

那是O女生平第一次被電到，也是到目前為止唯一的一次，所以O女一直覺得學長是自己的真命天子，不然為何別人都電不到她，只有學長可以。

O女：「所以你是來幫我的嗎？」

O女這樣對雲說。

雲：「好在你的思念夠純潔才能把我召喚來，你現在快閉上眼睛想你學長的樣子，這樣我才能夠把你的思念帶給他。」

O女閉上了眼睛，心頭馬上浮現學長那張充滿陽光笑容的臉，突然O女又張開了眼睛對雲提出了疑問。

O女：「你把我的思念傳給我的學長，接下來會發生什麼事？」

雲：「當我把思念傳給你的學長後，學長會想起你，把你列入腦中會出現人物的名單，但接下來會發生什麼事？就不是雲知道的了！」

想到學長會想起自己，把自己列入思考名單，O女立刻閉上眼睛全心全意的想念，在O女想念的同時，雲朵越變越大變成一片雲海，緩緩地向天的那一邊飄過去。

S明明記得，自己前一刻還跟女友T開著車，在濱海公路上享受著碧海藍天，在暖暖海風的吹拂下愉快地聊著天，突然間「碰！」的一聲翻天覆地，S眼前一黑失去意識，等到S再度有知覺能再看見東西時，S發現自己置身在一個黑暗倉庫中，變成了一塊香皂。

S：「怎會這樣？」

S驚恐地在黑暗中大喊。

S：「發生什麼事了？我怎麼會變成這樣？誰來告訴我發生什麼事了？」

就在他驚慌失措大喊大叫的同時，一個天使模樣的人出現在他面前，

天使把食指放在嘴唇中間輕聲地對S說。

天使：「噓！小聲點，你現在是塊肥皂，講出人話還這麼大聲是會嚇到別人的。」

S：「你是誰？你能告訴我現在在哪？我怎麼會變成這樣？」

S降低音量的問著天使。

天使：「你沒看見我的兩隻翅膀跟頭頂上的光圈嗎？我是天使啊！你

現在是在義大利南部一個小鎮，你上輩子出了車禍在海濱的公路上，你已經過世了，轉世投胎的你這輩子是塊肥皂。」

天使一股腦地，把事實真相通通告訴了S，

S不能接受地大喊。

S：「我是個人ㄟ怎麼會變肥皂？」

掩不住內心的錯愕，S接著又想到了女朋友T。

S：「那T呢？T怎麼樣了？」

天使：「你前輩子當人時，沒做過什麼壞事但也沒幹過什麼好事，所以這輩子只能當一塊肥皂，但別難過了！至少你還是顆高級橄欖油皂，至於你女朋友？她沒事她還活著，只是受了點驚嚇。」

聽到女朋友還活著，S開始還有點安慰，但想到這一輩子再也見不到她，S不禁又大聲哭了起來。

S：「我再也見不到T了！嗚、嗚……。」

S哽咽地啜泣起來。

天使：「噓！噓！你哭這麼大聲會被人聽見的。」

天使緊張地再度，把食指放在雙唇中間。

天使：「你想見你女朋友沒問題，我可以讓你跟女朋友再見面，但條件是你必須把你的聲音交給我，一顆會講人話的肥皂實在太嚇人了！」

天使開始跟S交換條件。

想到可以再跟T見面，S二話不說想都不想就答應了天使要求，把自己的聲音交給了他，幾天後S被裝進了箱子裏，在黑暗中待了一段時間，S一路昏昏沉沉搖搖晃晃，不知道自己會被帶去哪裡。

等到他再度重見光明時，已經置身在一家百貨公司賣場中，被漂亮地陳設在專櫃的陳列架上，S認得這是他生前住家附近一家百貨賣場，他跟女朋友以前沒事時，常會到這裡逛逛打發時間。

「在這裡一定能再見到她的！」

S心裡這樣想著。

這樣的情境讓S興奮了起來，開始每天專注眼前來來往往人群，尋找女朋友的影蹤，一天一個熟悉身影闖進S的眼中。

S：「是她！是她！T我在這裡！」

S激動地對T大喊，但無論如何大聲T都聽不見，因為S的聲音早就被天使取走了，眼睜睜地看著女朋友就這樣從面前走過，S什麼事也沒辦法做，就在他感到絕望的時候，T的身影再度進入S視線中。

走過專櫃，T感覺好像有人在後面叫她，回頭望望沒人，看見賣肥皂的專櫃，她忽然想起家裡的肥皂快用完了。

一走進專櫃，售貨的小姐們立刻像聞到血腥味的鯊魚一樣，聚集圍繞在她身旁。

售貨小姐：「小姐我們的橄欖油皂來自義大利的南部，百分之百的橄欖油做的滋潤效果非常好，洗了會青春永駐，像你肌膚這麼細膩，一定要用我們的肥皂好好保養才行……」

聽見專櫃小姐對自己的介紹，當S還在懷疑，自己有沒有那麼神奇的當下，就像註定了一樣，T從陳列架上挑選了S，這很符合T的風格，T選東西一向很阿莎力，不會拖拖拉拉猶豫不決。

在被包裝的同時，想到自己還能跟女朋友在一起，S激動地哭了起來，當然他的哭聲沒有人能聽見。

隨著T回到家中，T將S放在浴室的肥皂盒上就離開浴室，看著熟悉的場景，浴室陳列沒有什麼改變，只是浴簾換了顏色從白色變成藍色，這時S看見自己的漱口杯還放在浴室的盥洗架上，藍色的牙刷也還插在上面。

「看來T還沒有忘記我！」

S心中覺得有點安慰。

在浴室裡的S，熱烈地期待著晚上沐浴時刻的降臨，洗澡的時刻終於到

來，進入浴室中的T在水霧中脫下浴袍，T的身材還是保持得很好，他和T一向都有健身的習慣，他們以前常一起上健身房，只是現在的她看起來好像瘦了點。

「是因為太想念我嗎？」

S自作多情地想著。

用蓮蓬頭把身體弄濕，T拿起S開始在自己身上塗抹，想到自己還能跟T有肌膚之親，S全身激動地顫抖不已，順著T身體曲線滑動，他用盡所有的愛全心全意地親吻她全身每一吋肌膚，他要像他們在一起時一樣，給T身體最大的滿足。

T拿著肥皂的手越來越靠近自己的私密處，S全身顫抖地幾乎痙攣，這時一陣激烈的電流流竄他身體，S暈厥了過去。

等到S再度清醒時，T已洗完澡，洗完澡身上裹著浴巾的T從浴室的鏡子打量自己，覺得容光煥發的她對著鏡子自言自語。

T：「肌膚好光滑好有光采，這塊肥皂的滋潤度真好，應該是百分百橄欖油做的，看來售貨員沒有騙我。」

T滿意地走出浴室，但其實她不知道她肌膚的神采，不只是來自肥皂橄欖油的滋潤，還有愛，S全心全意的愛。

就這樣S快樂地跟T在一起，每天藉著肌膚接觸傾訴自己對她的愛意，他認為T雖然聽不見但一定能感受的到，但幾天過後S發現了一件可怕的事，那就是自己越變越小，不斷地消逝中。

這樣愛著一個人，全心全意地愛著一個人，即使犧牲自己也不在乎，S在活著還是個人時沒有經歷過，也不相信自己可以，但現在他做到了！他願意這樣愛著她，即使化成泡沫也無所謂，在他的印象中童話故事裡，好像也有一個人像他這樣熱烈的愛著，只要能在愛人身邊，付出多大的代價承受多大的痛苦，即使最後變成泡沫也無所謂。

為了讓自己多在T身邊一天，S努力地撐著不讓自己太快消失，T常常覺得S真是塊神奇的肥皂，不只滋潤效果好又耐用，輕輕抹在身體上就起很多泡沫，洗了好幾個星期體積也沒有變很小。

這天如同往常，S在浴室等著女朋友下班回家，通常T都在七點多就回家，但今天比較晚，快十點S才聽見門打開的聲音。

S：「耶！T回家了！」

S開心地歡呼著。

但接著S聞到了另一個味道，進門的好像不只女朋友一個人，他聞到了強烈的男性賀爾蒙，忘了告訴你們，肥皂的嗅覺是很靈敏的。

T：「親愛的等我一下，我先洗個澡！」

T以前也常常這樣跟他說。

聽到這樣的對話，S知道待會要發生什麼事了，他決定今晚要消失，讓愛化成泡沫，像人魚公主一樣消失。

E

E

對E君來說，今天真是倒楣的一天。

早上先被老闆莫名其妙地罵了一頓，中午跟女朋友電話聊天，又因為周末要看哪部電影吵架，下午電腦出問題晚上不得不加班，搞到現在快晚上十點才下班，剛剛走出捷運站還差點摔得狗吃屎。

E君：「今天到底是怎樣一個衰日子？」

走在回家路上，E君的心中F個不停。

拐著腳謹慎地走著每一步，E君現在只想要趕快回到家，在門口撒點鹽然後洗洗澡，看看能不能把今天的霉氣去掉。

轉過街角走著走著，一步步小心翼翼，E君終於拐進通往住家小巷，小巷有兩盞街燈，一盞已經壞了，只剩一盞微弱地發出白光，努力地想要照亮這個世間，但街道還是一片昏暗，正當E君想要加快腳步通過小巷時，E君發現壞掉的街燈下，有一隻貓正弓起身子準備站起身來。

這隻貓可不是普通的貓，身上的毛全是黑色，眼睛散發著妖異光芒，更讓人觸目驚心的是四隻腳掌都是白的，小時候阿嬤曾跟E君說，晚上千萬不能讓黑貓從面前走過，尤其是四隻腳都是白的黑貓，不然是會倒大楣的。

E君本來也不大相信這樣的事，覺得這是迷信，但國中暑假時，有一天晚上回家路上，一隻黑貓無聲無息地從E君的面前閃過，速度快到連對它吐口水都來不及，阿嬤說過如果黑貓從眼前跑過，要趕快對它吐口水才能避免霉運。

E君本來不以為意，但那個星期他不但打籃球時扭到腳，去游泳池游泳時連在幼兒池都差點溺水，這些事讓E君不得不記起阿嬤的話，而且E君記得，那一隻跑過他面前的黑貓四隻腳還不是白的。

「被黑貓走過都那麼倒楣了，何況是四隻腳都是白的，今天絕對不能再讓這樣的貓從自己眼前走過，不然搬座鹽山來放在家門口都沒有用。」

E君心中默默想著，情急之下E君竟然開口對黑貓說話。

E君：「黑貓先生，你可以不要從我面前走過好嗎？」

黑貓停下腳步轉過身看著E君，

黑貓：「為什麼呢？」

黑貓竟然對E君說起話來。

迫切地想要終結自己霉運，不去管貓為什麼會說話，E君很自然地和貓聊起天來。

E君：「難道你不知道晚上被黑貓從面前走過，人是會倒楣的，更何況是你這樣一隻四隻腳掌都是白的黑貓，那可是會倒大楣的，而且我今天已經過得夠悽慘的了！」

黑貓：「你們人類真是迷信啊！」

黑貓回應以不屑的口吻。

黑貓：「如果我答應你的請求，你要如何回報我？」

黑貓開始跟E君談起條件，E君想了想對黑貓說。

E君：「如果你今天不從我面前走過，我以後每天都會在這街燈下，放一盆食物給你。」

對於E君提出的回報，黑貓聽起來還算滿意。

黑貓：「記著你的承諾！」

眼睛閃著魔法般的光芒，黑貓轉身從另一邊離開，消失在黑暗中。

剛開始的日子，E君都有遵照約定，每天放一盆貓食在街燈下，但一天因為加班太晚回家，洗了澡後就睡著了的他，忘了放食物在街燈下，接下來幾天寒流來襲，回到家的E君根本就不想出門。

就這樣一天過一天，看看沒放食物也沒有什麼倒楣事發生，E君就慢慢地忘了自己跟黑貓的約定。

幾個星期過後，加班的E君半夜回家轉進小巷，E君發現今天小巷氛圍有點不同，充滿著肅殺氣味，定睛一看，E君發現小巷兩旁，蹲坐著成千上百隻黑貓，領頭的正是那隻四腳都是白的黑貓。

黑貓對他不懷好意地笑了笑，接著喵了一聲像發號司令，成千上百隻黑貓從E君面前此起彼落交錯跳過，像一堆狂亂失控的黑色音符。

「等等等等……等等等等……」

莫名地E君耳朵響起貝多芬命運交響曲的樂章，

「這輩子別想再有好運了！」

E君心裡這樣想著。

C

C

C是一張在公園的長椅，愛說話的它很想找人說說話，在公園的它只要有人坐在它身上，它就會不停的跟他說話，但它發現沒有人聽得見它的聲音。

有一次一個上班族男生坐在它身上看報紙，看著看著男子看看手錶，時間好像到了，男子起身匆匆離去，記得手上的報紙卻忘了放在它身上的公事包，C在他背後大聲喊。

C：「先生！先生！你的公事包……」

男的沒聽見直直地向前走去，正當C擔心男子的公事包會被拿走，男子又匆匆跑回來，好險公事包還在沒被別人拿走。

一個中年婦女也是一樣，休息後起身離開，把掛在椅背上的傘忘了，C大聲喊。

C：「小姐！小姐！你的傘……」

中年婦女一樣沒有聽見，揚長而去的她好像根本不記得自己有帶傘，但這次她沒有之前男子的幸運，等她發現雨傘沒拿折回來找時，傘已經被別人拿走。

沒人聽見它的聲音也就算了，最讓C受不了的是那些晚上在公園裡談情說愛的男女，坐在它身上的他們常會說些噁心的字眼，一下寶貝一下甜心一下我愛你，親個不停就算了，有時還會說些限制級的話語，摀不住耳朵的C常會受不了的大喊。

C：「別再說了！別再說了！……」

當然他們還是聽不見。

C很想找人聊聊天但一直碰不到聽得見它聲音的人，日子一天一天的過去，有一天公園出現一個流浪漢，衣服破破的還有點髒髒的，看著他往自己走來，C緊張地大喊。

C：「不要過來不要過來，不要坐到我身上來，去坐別張椅子！」

以為流浪漢聽不到自己的聲音，沒想到流浪漢竟幽幽地說。

流浪漢：「想不到連你也嫌棄我！」

C：「你聽得見我的聲音！」

C驚喜地回應。

C：「我不知道你聽得見我說的話，我不該那樣的，很抱歉！請你坐上來。」

C不好意思地向流浪漢道歉，接受了C的道歉，流浪漢坐到了C身上。

C：「為什麼你聽得見我的聲音啊！別人都聽不見？」

C開心地問。

流浪漢：「可能我們都住在公園吧！」

流浪漢隨意地回答。

C：「是這樣的啊！」

C天真的回應。

C：「你怎麼會住在這裡？人不是都住在家裡？你沒有家嗎？你的家人呢？」

C疑惑地問流浪漢。

流浪漢：「沒了！都沒了！」

流浪漢回答的聲音是那麼落寞悲傷，讓C不敢深究下去，C覺得自己必須好好安慰他。

C：「別難過了！我們都住在公園裏，我就是你的家人啊！你可以常常來找我聊天。」

C充滿熱誠地說著。

聽到C這樣講，流浪漢被滄桑刻劃過的臉上，擠出一絲感動神情，

流浪漢：「謝謝你啊！」

流浪漢表達了對C的謝意。

從此以後流浪漢常常來找C聊天，有時還會躺在它身上睡覺，他們變成了無話不說的好朋友，C慢慢地也知道了流浪漢的故事。

他本來有一個幸福的家庭，有美麗的老婆跟可愛的兒子，但一場車禍奪走了一切，一無所有的他只能在外面流浪，他無法再待在一個像家的地方，那樣的氛圍只會讓他崩潰，他只能在外流浪。

C：「人生竟然有這麼悲慘的事！」

知道了流浪漢的故事後，C心中默默地下了一個決定，要好好陪伴流浪漢不再讓他孤單難過。

就這樣日子一天天過去，轉眼來到冬天天氣越來越冷，一天寒流來襲氣溫下降到攝氏十度以下，晚上流浪漢捲曲著身子躺在C身上睡覺，由身體顫抖的程度，C知道流浪漢很冷。

C：「你不應該躺在這裡，你應該找個地方避寒，不然會凍死的！」

C著急地跟流浪漢這樣說。

流浪漢：「我沒有地方可去，再說就算被凍死，我也不想一個人。」

流浪漢回應著用發抖的聲音。

就這樣流浪漢身體抖動的頻率越來越低，就在快停止那刻，C聽見流浪漢對它說的最後一句話。

流浪漢：「我老婆小孩來接我了，謝謝你這一陣子的陪伴……」

流浪漢的身子停止了顫抖。

C：「你醒醒啊！你醒醒啊！你不能睡著！救命啊！救命啊！誰來幫幫我……」

C在公園裡發狂的大喊，但它的聲音沒人聽得見。

第二天早上流浪漢僵硬的身體被搬離了公園椅，那一刻C很想大哭一場但卻哭不出來，C發現自己失去聲音了，就這樣沉默了下來，C再也不想跟人說話，再也不想認識任何人了。

這個冬天很冷又常常下雨，到公園玩的人並不多，但對C來說人多人少已經沒有什麼差別，好不容易冬天過去了，春神的腳步悄悄地降臨公園，樹枝開始長出嫩芽鳥也開始吱吱叫，到公園玩的人又漸漸多了起來。

一個有陽光的午后，一家人來到公園遊玩，玩累了他們就坐在C身上休息，一對年輕的夫妻帶著一個可愛的小孩。

休息完了他們起身牽著手離去，看著他們一家在走在陽光下幸福的背影，C突然想起了流浪漢，想說此刻身在天堂的他，是不是也牽著老婆孩子的手在天堂公園裏散步，那裏應該也有張公園椅，可以讓他們坐下來休息。

想到這C內心有點釋懷了，發出一聲淡淡嘆息，它發現自己的聲音回來了。

C決定從今天開始要再對人說話，要繼續陪伴那些聽得懂它說話的人，讓他們不再孤單。

L

L

「朦朧的街燈靜靜淌在小雨中，往事又掠過我心頭……。」

這首歌是在一個下雨的晚上，L聽見一個路過的人唱的，L覺得旋律很好，聽歌詞唱得又是自己，就把它學了起來，每當有下雨的夜晚，L就會獨自一人在雨中唱起這首歌，L是一盞路燈。

位在小巷口的它每天為人照亮回家的路，白天都在休息通常在黃昏時才開始工作，它常會對路過的人問好或提醒路況。

「晚安，今天過得好嗎？」

「前面有個洞，要小心啊！」

但通常人都聽不見，匆匆回家的還是匆匆，會踩到洞跌倒的還是一樣跌倒，L發現城市的人都太忙碌了，腳步都非常匆忙，一顆急著趕著的心是聽不見任何別的聲音的。

但L還是不放棄跟人說話的機會，只要有人經過，L還是會照常地跟他們打招呼問好，一天晚上有一個人從它旁邊經過，一隻手拿著拐杖另一隻手牽著一隻狗，L一如既往地跟那個人問好。

L：「晚安，你好啊！」

L以為也會跟平常一樣得不到回應，想不到那個人竟然回答了。

路人：「你好啊！」

L大喜過望，

L：「你聽得見我說話？真是太好了！你好我是路燈L，你是？」

路人：「我是個按摩師，你可以叫我B。」

L：「你好啊！B先生，你怎麼聽得見我說話，一般人都聽不見？」

B：「可能我是個盲人吧！通常眼睛看不見的人，聽力總是比較好。」

聽見B這樣說，L仔細端詳了一下，由於B的臉上戴著一副墨鏡，所以L沒有發現。

L：「抱歉！你臉上戴著墨鏡所以我沒看出來，剛剛我還在想怎麼有人晚上還戴著墨鏡，走路不怕跌倒。」

L乾笑了幾聲。

B：「沒關係！慢慢走就不會，何況我已經習慣了黑暗。」

L：「失去光明很不好受吧？」

L好奇地問。

B：「剛開始很害怕但後來就習慣了，何況現在還有小乖陪我。」

B一邊說話一邊彎下身摸了摸小狗的頭，那隻叫小乖的狗抬頭對L叫了好幾聲。

L：「它不會在我身上尿尿吧！」

L擔心地問，因為很多狗都會一邊聞一邊靠近它然後抬起腿……。

B：「這我可不敢保證喔！」

B不置可否地回答。

L開始擔心起來，感受到L的害怕B趕緊對L說，

B：「我要去工作了去幫人按摩，下次經過有機會再聊。」

話說完，B就牽著狗離開了。

想到逃過一場尿劫，L心中暗自竊幸，但看到B拿著拐杖敲打著路慢慢行走的背影，L又不禁難過了起來，對於一向給予人光明照亮人路途的L

來說，實在無法想像失去光明會是什麼景況，它希望這樣的事最好永遠不要發生在它的身上，但命運往往總是，越害怕的事越會發生在自己的身上。

一天晚上當L還在努力盡自己的義務，照亮這個世界時，「啪！」的一聲，L眼前突然一片黑暗。

L：「怎麼會這樣？我看不到任何東西了！我失明了嗎？誰來幫幫我？」

L驚恐地在黑暗中大叫，這時一隻黑貓剛好從路燈下經過。

黑貓：「你怎麼了？在黑暗中這樣鬼吼鬼叫是很嚇人的！」

L：「我失明了！我看不見東西了！你可不可以幫幫我。」

L著急地對黑貓說。

黑貓：「我是隻貓，我們比較喜歡黑黑的，在黑暗中我們比較會有安全感，所以很抱歉，我無法幫你忙。」

黑貓話說完後掉頭就走，聽著貓離去的腳步聲，L緊張地在貓的背後大叫。

L：「不要走！不要走！幫幫我！」

黑貓毫不留情地離去，剩下L孤單地在黑暗中哭泣。

L：「嗚！嗚！怎麼會有人喜歡黑暗？在黑暗中怎麼會有安全感？我好害怕喔！」

當L獨自痛哭失聲時，感覺有一道光正照耀在自己的身上，這光柔和的像是在撫慰它的身體，接著聽見一個聲音溫柔地對它說話。

「孩子，你在哭什麼？」

L：「我失明了！我看不見東西了！我現在眼前一片黑暗，我不要一個人在黑暗中，我好害怕！」

L不停哭泣。溫柔的聲音慈祥地對L說話。

「孩子你不是失明，你只是燈泡壞了，隔幾天就會有人來幫你修好，你不用擔心。」

聽見聲音如此說，L暫時停止了哭泣。

L：「你怎麼會知道？你是誰啊？」

溫柔的聲音回答。

「我是月亮啊！路燈的守護者，我每天晚上都在天上看著你們守護著你們，你不用害怕。」

聽見有月亮在守護自己，L稍微收起驚恐的心。

L：「月亮啊！可是我很害怕，我好害怕一個人在黑暗中。」

月亮：「孩子，黑暗沒什麼可怕的，在黑暗中就休息啊！何況你不是在黑暗中，我還在照耀著你啊！」

L：「是喔！」

聽見月亮這樣講，L慢慢收起畏懼的心，月亮繼續對L說話。

月亮：「你這樣害怕黑暗，一定是你平常沒有好好照亮自己，才會這樣！」

L：「照亮自己？」

L驚疑地問。

月亮：「你要知道所有的路燈原本都是天上的星星，因為犯了點錯才會墜落凡間變成路燈，燈是這世上唯一能照亮別人又能照亮自己的事物，所以你平常不僅要照亮別人還要常常照亮自己，看清自己缺點與恐懼，讓自己不再害怕犯錯，這樣以後才有機會，再度回到天上變成星星。」

L：「是這樣的喔！」

L思考著月亮說的話。

月亮：「其實眼睛失去光明並不可怕，心失去光明才恐怖，所以以後你要常常照耀自己才行。」

月亮繼續提醒著L。

L：「我知道了！我以後一定會常常照亮自己。」

一邊回應著月亮，L一邊又提出疑問。

L：「那我當初是犯什麼錯，才淪落到人間啊！」

月亮：「就是害怕黑暗啊！一顆害怕黑暗的星星，是無法在天空閃耀，幫人指引方向的。」

L：「原來如此啊！」

L終於明白為何自己會如此害怕黑暗了。

月亮：「來！別想太多了！在黑暗中就好好休息吧！」

輕輕唱起搖籃曲，L就在月亮溫柔的歌聲中沉沉地睡去，等到醒來時它發現自己又再度能看見了，黑暗中的它散發著璀璨的光芒。

從此L不只會照亮經過的人也常常照亮自己，L相信這樣下去，當黑暗又降臨那刻自己將不再畏懼，這樣它才有機會能再回到天上，變回閃亮的星星，指引那些在黑暗中需要光明的人。

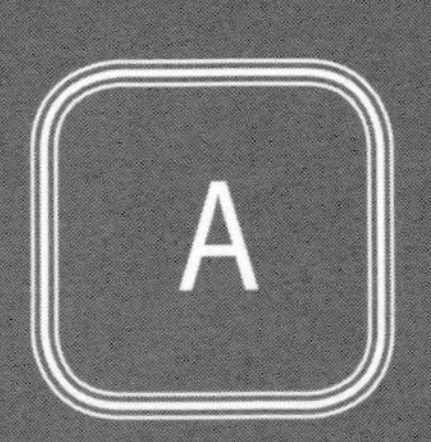
A

A是一杯咖啡，為什麼說是一杯咖啡？因為A不只是一個杯子，也不只是咖啡，A是一杯，一杯咖啡，手工拉坯的它在窯火中曾經甦醒，但冷卻後又即沉睡，只有當那深沉沉又滾燙燙的黑水進入它身體，A才又醒來，醒來發現自己是一杯，一杯咖啡。

但是咖啡一被喝完，A又會接著沉沉睡去，A就這樣不停地睡睡醒醒，每次醒來都會遇見不同的人。

A第一次醒來感覺很不好，碰到是一個中年的生意人，穿西裝打領帶的他有一身很重的銅臭味，A嗅到他身上的味道，幾乎都快蓋過自己的咖啡香，A很不喜歡這樣的感覺，但好險這位商務人士時間很寶貴咖啡喝得很急，A很快又昏睡過去，慶幸自己不用再醒著聞那可怕的味道。

接下來A醒來遇見的是一個年輕人，注重打扮的他燙著一頭時髦捲髮，穿著寬鬆長袖襯衫，臉上掛著一副厚黑框眼鏡，手上拿著本書看起來很有文藝氣息。

A：「好香啊！」

聞到書香味A不禁陶醉了起來，除了自己氣味之外，書的香味是A最中意的味道。

A：「這應該就是所謂的文青了吧！」

A很高興能遇到這樣的客人。

但就在這位文青輕啜了一口咖啡後，A窺探到一些秘密，它發現這年輕人身體裡並沒有什麼文藝的靈魂，這個年輕人看得最多是服裝雜誌，手上拿的那本世界文學名著應該一頁也沒翻過。

A：「原來是個假文青啊！」

但A並不排斥這樣的客人，因為它一向認為，附庸風雅總比自甘下流來的好。

A最討厭在吵雜聲中醒來，所以當發現自己醒來，置身在一群三姑六婆之中，它就會開始發抖，因為她們總是肆無忌憚的聊天狂笑，一副旁邊人都死光了的德性，A覺得她們這樣歡樂也沒什麼不對，但她們應該去泡沫紅茶店而不是來咖啡館。

就這樣不停睡睡醒醒，不停遇見不同的人，不停用自己的靈魂窺探他們的靈魂。

但A發現這個城市很多人是沒有靈魂的，很多人內心都空蕩蕩像個行屍走肉，它試圖喚醒他們靈魂，但大都只能叫醒他們腦袋。A發現這個城市的人，大多相信自己頭腦而不相信自己的心，這樣的人是不會有靈魂的。

一天下午當A再度醒來時，A發現自己被一雙手握住，由手的厚度長度跟寬度，A直覺這是雙男人的手，這雙手有很長的手指，手指的關節粗而突出是一雙感覺很有力的手，但此刻正溫柔地撫摸著它，A享受著這樣的感覺。

A很喜歡被人撫摸身體，因為最初的它，就是這樣慢慢被用手撫慰塑造出來的，如果你用手撫摸A的身體，你會發現它身體的線條，是那麼滑順不帶一絲滯澀感，觸感是那麼光滑細緻就像嬰兒的肌膚一樣，這都是因為當初創造它的陶藝家，不停用手慢慢形塑而成的，A一直忘不了那雙手加諸在它身上的力道，是那麼強勁又溫柔。

由咖啡的波光倒影中，A看見這雙手的主人，是個30多歲的年輕男子。

男子留著長髮綁起馬尾，通常留長髮的男子都有點髒亂頹廢，但男子不會，整個人看起來乾淨整潔，有線條的臉部輪廓，讓男子的臉看起來像塊岩石，搭配著剛毅的五官炯炯有神的雙眼，光一眼A發現自己被深深吸引了。

想到自己此刻正被他握在手上，A渾身打起了哆嗦，男子接著捧起杯子把杯沿靠近嘴唇輕啜起了A，那簡直就像是一個吻，A瞬間天旋地轉失去方向，無可抵抗地讓男子的靈魂進入自己的靈魂，一向都是它先進入別人的靈魂，但這次它先被侵入了，A有點慌張不知所措。

它感受到男子正在尋找什麼？思考什麼？想創造些什麼？這個男子應該是一個創作者一個藝術家，這個男子看起來陽光但實際上卻很憂鬱，是個要不斷靠創作發洩內心脆弱，一個需要被拯救的靈魂。

A發現自己正慢慢融入男子的靈體漸漸合而為一，A突然感受到滿滿的愛意，怎麼會有這麼多的愛？A發現男子談過幾次戀愛都沒有結果，其中一段戀愛還讓他傷痕累累，所以男子每次去KTV唱歌，都喜歡點悲傷的情歌。

男子開著一部中古的MINI COOPER小車，喜歡到處趴趴走尋找靈感，還喜歡出國旅遊，男子剛從京都回來，靈魂中還殘留著些許，那座城市獨有的禪味。

男子是個哈日狂不是哈韓族，對韓國有點反感，不喜歡他們的花美男，更厭惡他們的運動精神，喜歡看日劇喜歡吃日本料理喜歡吃生魚片，尤其是花枝的生魚片，男子喜歡那白皙有嚼勁的軀體在齒間躍動的感覺，再搭配上芥末，清爽的海味就這樣在口腔裡爆炸開來，是一段層次豐富的味覺協奏曲。

A接著發現男子喜歡寫東西，寫過新詩寫過歌詞，還偷偷幫歌詞譜了曲，只是一直沒機會發表。男子會彈一點鋼琴會畫畫會雕塑還會……，A此刻心靈大受震盪，男子還會捏陶！A終於發現那滿滿愛意的源頭，原來男子就是當初創造它的陶藝家啊！

此刻咖啡廳的音樂停了，老闆換了一張老爵士樂CD，擴音器裡傳出慵懶低沉帶著磁性的聲音。

「GO AWAY LITTLE BOY GO AWAY LITTLE BOY

I AM NOT SUPPOSED TO BE ALONE WITH YOU ……」

一個黑人女歌手輕輕唱著動人的情歌，接下來的時間A就在滿滿的愛意裏，在充滿靈魂的歌聲中，和男子靜靜的心神交會，在那一刻，A明白了什麼叫做幸福。

待了幾個小時後男子起身走了，A知道男子回到工作室後應該會創作出幾件精彩的陶藝作品，而它則會在咖啡廳裡繼續當一杯咖啡，一杯等一個人的咖啡，期待著男子再度的到來。

X是一位驅魔師，驅魔師最清楚知道萬事萬物都會說話的真理，也聽得見。

X的師傅曾跟他說，驅魔師修行到最後，不但能聽見萬物的聲音，還能聽見天地的聲音，他很嚮往那樣的境界。

X沒事的時候，最喜歡閉上眼傾聽所在空間中事物的對話，像他此刻所處的咖啡廳中，一張桌子正跟一張椅子在吵架。

桌子：「你這麼醜怎麼配得上我！我可是維多利亞風的骨董椅。」

椅子：「是主人搭的，你以為我喜歡跟你這張裝高貴的椅子放在一起嗎？！」

照理說這樣物品跟物品之間的對話，一般人是聽不見的，每種物品都有屬於自己的聲音，如果物品發出不屬於自己的聲音甚至說出人話，就表示這物品一定被某種死去的怨靈纏身，X主要的工作，就是去除這些附身的怨靈，讓物品找回自己的聲音不要嚇到人。

前一陣子X接到一個CASE，有人在骨董市場買了一把梳子，在梳頭髮的時候，梳子竟然對她說起話來。

梳子：「你髮質很差哦！應該保養一下。」

那人嚇得把梳子丟在地上，本來想把梳子燒掉，但由於當初買的價格不斐捨不得燒掉，所以找X來解決。

X到現場一看，發現是這把梳子前世女主人的靈魂附身在這把梳子裏，由於女主人生前，這一把梳子總是可以梳出她最喜歡的髮型，因此即使過世了，女主人仍捨不得離開這把梳子，所以梳子也開始說起了人話。

X本來想把女主人的靈體趕出這把梳子，但沒想到梳子不願意。

梳子：「我很喜歡幫女主人服務，我不想她離開我。」

就這樣說著說著梳子還難過地哭泣了起來，X只好對女主人的靈魂下了「禁言咒」，讓梳子不再隨便講出話來嚇人。

接下來是一個村莊出現一張會奔跑的桌子，這張桌子聽說不但會跑，還會發出動物的叫聲。

為此X特地下了一趟鄉，果然在森林中看見一張四隻腳在奔跑的桌子，桌子跑著跑著還跑到山崗上，對著滿滿的圓月發出像狼一樣悽慘的嚎叫聲。

X：「這應該是被狼的怨靈附身的桌子！」

X下了這樣的結論，但由於桌子跑的像狼一樣飛快，X根本追不上它無法對它施法，最後在獵人的幫忙下，X設了一個陷阱用一張椅子當誘餌。

很奇怪即使已經被狼附身，桌子還是是很想靠近椅子停在椅子的旁邊，就這樣被附身的桌子掉進了陷阱中，當X準備對掉入陷阱的桌子行「除靈咒」時，附身的狼靈向他苦苦哀求。

狼靈：「我只是想要在草地上奔跑在月光下唱歌，我不會危害人的。」

但由於被附身的桌子不喜歡這樣四處奔跑覺得很累，X沒有辦法答應

它，只好對它實行「除靈咒」，從此人們經過那個森林，都會發現有一張桌子跟一張椅子立在森林中，人們總是好奇，桌椅怎麼會跑到那麼深的森林裡去，是有人要在那裏寫詩嗎？

到目前為止X碰到最棘手的，是一顆會唱歌跳舞的樹。

那是一顆位在都市鬧區公園中的櫻花樹，每天晚上一過十二點，就會開始扭動軀幹甩落花瓣唱歌跳舞來，景象美麗但卻駭人，更過分的是，櫻花樹還會逼迫經過的人為它的表演鼓掌，不鼓掌櫻花樹還會用它的枝幹打人。

X來到櫻花樹下時，樹正狂烈地扭動軀幹，很HIGH地唱著張惠妹的歌。

櫻花樹：「三天三夜、三天三夜……」

他發現櫻花樹，是被一個死去的歌舞巨星的靈魂纏身，這位歌星生前開過無數場的演唱會，演唱會的票幾乎一開賣就被秒殺，由於太愛唱歌太懷念掌聲，死去的她依然不捨人間，所以附在櫻花樹上，X試著好好跟她溝通。

X：「你這樣不但會嚇到人，還破壞公園的寧靜違反了噪音防制法，警察會來開罰單的，你要不要快點離開。」

但女歌星不願意，

女歌星：「怎麼會呢？大家都愛聽我唱歌，我可是軍中情人，軍人警察最愛我了！來！快為我鼓掌吧！」

女歌星：「三天三夜到三更半夜……」

女歌星繼續忘我的歌唱下去。

看到女歌星那麼執迷不悟，X只有對她實行「除靈法」，由於女歌星生前有很多的歌迷，有巨大人氣靈力十分強大，X花了好大的功夫才將她收服，算算時間剛好也是三天三夜。

由於女歌星死也不肯好好去轉世投胎，再加上X也是女歌星生前歌迷之一，他心想得幫她的靈體找個好去處才行，想來想去放在KTV的麥克風上，應該是最好的選擇，這樣才能滿足女歌星想不停瘋狂唱歌的慾望。

X：「以後誰拿到那支麥克風，應該都會變成麥霸吧！」

想到那樣的畫面，X心裡不禁偷偷竊笑起來。

除靈完後的他疲累地靠在櫻花樹上休息，冥冥中感受到有花瓣飄落他身上，聽見有聲音悄悄地對他說。

櫻花樹：「謝謝、謝謝……」

D

D

如果問D什麼是它最愛的味道？D會說是腳汗味。

D覺得腳汗味是全天下最好聞的味道，最香的香水，尤其是主人的腳汗味，根本就是D的香奈兒五號，D每天晚上都穿著它睡覺，說到這，你可能會以為D是一個戀足癖，但實際上D是一雙球鞋，一雙籃球鞋。

D每天最期待的事，就是等待主人放學回家穿著它到球場上去打球，D很喜歡跟著主人在球場上馳騁一起奔跑跳躍，這讓它有活起來的感覺，只是每次跟主人打完球後，D都會覺得很累，接著就在主人濃濃的腳汗味中沉沉地睡去，對它來說這是一天中最幸福的時刻。

今天D睡得特別熟，醒來後它發現自己竟然不在家裡，而是在一堆堆積如山的垃圾中。

D：「我怎麼會在這裡！？」

D驚慌失措了起來，但一想到主人晚上還要穿著自己打球，心想不能再待在這裡，D覺得自己得趕快回家。

離開了垃圾山，D努力地在空氣中嗅啊嗅，四處尋找著主人的腳汗味，走著走著來到一個十字路口，聞到對面街道好像有濃濃的腳汗味，D急著想穿越馬路，但路上車子很多來來往往地快速穿梭，看起來沒有一部車想要停下來禮讓，它好幾次都差點被車子撞到。

這時一個老太太看見了趕緊對D說，

老太太：「這樣很危險的，過馬路要走斑馬線快跟我來。」

老太太領著D到前方走斑馬線。

過了馬路向老太太道謝後，D繼續在空氣中尋找主人的氣味，走著走著腳汗味越來越濃，心想快找到主人了，加快了腳步往前走，走到了氣味前面抬頭一看，D發現不是主人是另一個腳汗味也很重的年輕人。

D：「這城市腳汗味重的人還真多啊？」

D哀怨地感嘆著，帶著失望的心情，想說要再重新尋找主人的氣味，D沮喪地在路上行走。

這時不知從哪跑出一個冒失鬼用力撞了它一下，把兩隻腳中的一隻撞飛了落在遙遠的地上，躺在地上的那隻腳，努力想站起來但卻怎樣也起不來，丟了一隻腳的D無法繼續行走，只能無助地站在街頭，就在它急得快要哭出來時，一隻流浪狗看見了，走過去幫忙另一隻腳站起來，並把它叼了過來。

狗：「你怎麼會在這裡？像你這樣的球鞋應該好好待在家裏，不應該在外面流浪的。」

D：「我不知道啊！一醒來就在外面了。」

把自己的遭遇告訴流浪狗，聽完了它的故事，流浪狗沉默了一下，語重心長的對它說。

流浪狗：「聽起來，你是被主人遺棄了！」

D：「怎麼可能？！主人最愛穿我了，不可能會遺棄我！」

D著急地辯駁。

流浪狗：「我也希望不是，但人最喜新厭舊最愛丟棄東西了，我就是被主人遺棄的，希望你不是，自己多保重！」

流浪狗說完後就離開了，剩下D一人呆駐街頭。

D：「是主人把我丟了嗎？我是被主人遺棄了嗎？不會的！他現在一定也是著急地在尋找我！」

D腦袋開始胡思亂想了起來，不願想信自己是被遺棄的，它覺得自己必須趕快找到主人，D在街道上匆忙地尋找，但由於這個城市腳汗味重的人實在太多，它老是找錯人，怎樣也找不到主人，有一次還走到菜市場裡一個賣鹹魚的攤子，D覺得很奇怪，為什麼主人的腳汗味會跟曬乾的鹹魚那麼像。

中間D還遇到一個流浪漢，流浪漢很喜歡它想撿走它，但D不願意。

D：「你不可以穿我，我是有主人的，你聞聞我的味道就知道。」

聽見D這樣說，流浪漢沒有強迫D就離開了，D覺得這個流浪漢是個好人。

就這樣從白天找到晚上，不停地尋尋覓覓，就在快要放棄時，D來到一個熟悉的紅色大門門口。

D：「這不是主人家門口嗎？」

就在D欣喜若狂時，一陣濃濃熟悉的味道朝著它直冲而來。

D：「是主人、主人要出門打球了……」

這時紅色大門打開主人走出門來，看見主人的D高興地快步奔向主人，但剎那間D停下步伐，因為它發現主人的腳上穿了一雙新球鞋，手上拿著籃球的主人，這時也停下腳步，發現了地上的D。

主人：「早上不是丟了嗎？怎麼還在這裡？」

帶著一臉疑惑表情，主人低下頭彎下身，撿起了D丟進旁邊的垃圾桶中。

P

P

P一個十七、八歲的少年，生活在一個夢想的國度裡。

為什麼說這個國度是夢想的國度，是因為這個國家不停的在製造夢想散播夢想，生活在裡面的人們也不停的在談論夢想追求夢想。打開電視裡面上演的是夢想，跳上網路流傳的也是夢想，甚至走在路上抬頭看見的廣告看板上，也處處都有夢想的字眼。

「夢想」這兩個字，在這個國度具體也抽象的存在，像巨星也像鬼魅冠冕堂皇無所不在。

生活在這樣的國度，P當然也跟大多數的人一樣，要談論自己的夢想，追求自己的夢想。

「但夢想究竟是什麼呢？」

這問題深深困擾著P，P發現這個國度的人，好像在還沒知道什麼是夢想時，就開始追求夢想，少年P決定要詢問幾個朋友，問問他們到底什麼是夢想？

少年P：「什麼是夢想啊？」

朋友一：「我的夢想就是賺很多錢，然後買很大的房子娶漂亮的老婆。」

朋友二：「我的夢想就是當國家領導人，成為萬人景仰的對象。」

朋友三：「我的夢想是成為偶像明星，讓大家都為我瘋狂為我喝采跟著迷。」

P覺得朋友這些夢想，聽起來都怪怪的。

少年P：「怎麼聽起來都像是慾望呢？夢想究竟是什麼？」

P覺得夢想這樣龐大的命題，問同儕好像很難得到答案，他決定去問神明。

P：「神明應該能給我一個滿意的答案。」

就這樣P來到一座石雕佛像前，這座佛像是根據一個活佛12歲時的模樣刻成的雕像，位在城外的山丘上，已經有好幾百年的歷史香火很鼎盛，傳說很靈驗的它，會對前來誠心禮拜的人開口說話，很多人都不遠千里來對它膜拜向它請願，P來到佛像前恭敬地向佛行三大禮，行禮完畢後他虔誠地向佛祈願。

P：「佛祖啊！佛祖啊！請你告訴我夢想是什麼？」

聽到P的祈願，石像開口說話了。

石像：「孩子！夢想是要自己追求的，我能指引你但不能告訴你。」

聽見石像這樣說，P雙手合十放在胸前再度對佛禮敬。

P：「佛祖啊！請你指引我。」

石像：「你從這裡向西走出，遇見什麼就問他們，最後你會得到答案的！」

聽見石像這樣說，P離開了石像一路向西走去。

走著走著，P遇到了一棵小樹。

P問小樹：「樹啊！樹啊！你的夢想是什麼？」

小樹回答：「我的夢想是想要趕快成為一棵大樹，有濃密的樹蔭，讓路過的人都能在我樹下乘涼。」

P向小樹道謝，繼續向前走去。

走著走著，少年P碰到一隻小牛。

P：「牛啊！牛啊！你的夢想是什麼？」

牛回答：「我的夢想是希望自己趕快長大變強壯，幫主人耕田讓主人豐收，養活全家人。」

P：「這就是夢想嗎？」

P邊走邊想，還是想不透。

走著走著走到了山腳下，剛好遇見快要下山的太陽，P抬頭問太陽。

P：「太陽、太陽，你的夢想是什麼？」

太陽：「我的夢想就是希望能照亮世間，帶給世界光明，讓萬物都能欣欣向榮。」

話說完後太陽就下山了，P開始在黑夜裡思考，就這樣想了一夜，當太陽再度升起時P突然想通了，向一臉莫明的太陽道了聲謝謝，P向石像飛奔而去。

P：「佛祖啊！佛祖啊！我知道夢想是什麼了！」

石像：「是什麼？」

石像沉穩的回應。

P：「成就自己，利益他人！」

石像：「你終於懂了！成就自己只是慾望，能利益他人的才是夢想，有了這樣的心意，你想追求什麼都會實現的。」

石像欣慰地回答P。

P開心地離開佛像，去尋找並實現那偉大的夢想。

J

每天固定時刻是它的SHOW TIME，一開始會有音樂聲響起，接下來七彩燈光閃動，J開始表演，表演噴水用力的噴水，J是一個噴泉，一個在公園裡的噴泉。

有著巴洛克設計風格的它是公園的亮點，人們都喜歡站在它面前拍照，J發現大多數的人在鏡頭前都很拘謹，從他們的背影，J知道他們是緊張的，當然有少數人例外，但這些人通常不是自戀狂就是三八鬼。

J每天盡職地在公園噴著水，做好自己的工作，從沒想過有一天，自己的角色會改變。

一個晚上，一對熱戀中男女坐在J身上談情說愛，動作激烈的他們，不小心把一枚銅板，掉進J的水池中。

J：「先生小姐你們的銅板掉了！」

J好心地提醒他們，希望他們有發現這件事，但很明顯的他們聽不見J說的話，此刻天雷勾動地火的他們，除非是有一桶冰水淋在他們頭上，或者是有外星飛碟降落在他們身邊，把他們綁架走，他們應該什麼都不會察覺，就這樣他們把銅板遺留在水池中，而這一枚銅板改變了J的命運。

從此開始不斷有人對J丟錢幣，同時還會對J訴說一個自己的願望，J發現自己，竟然變成一個許願池了！

J：「喂！我是噴泉不是許願池，別再丟銅板了！」

雖然J不停努力地噴著水，大聲的告訴來丟銅板的人，自己不是許願池是一個噴泉，但沒有人聽見它的聲音，大家還是繼續對它丟銅板對它許願。

許願者一：「我想中公益彩券頭獎，想要得到一億元。」

J：「先生，你才丟一塊ㄟ！」

許願者二：「我想變成人人都喜歡的大美女！」

J覺得這個人很貪心。

J：「先生你有沒有許錯願望啊！」

這個人是個留著落腮鬍的大男生。

許願者三：「我想要世界和平！」

J：「小姐你搞錯場地了，這裡沒有在選世界小姐喔！」

……

J覺得人的願望實在也太五花八門光怪陸離了，J不是很明白，為何人有那麼多的慾望，總有那麼多的不滿足，想要那麼多不屬於他們的事物。

這件事讓它很苦惱，因為J知道自己根本沒有幫人完成願望的能力，即使是一般想要身體健康家人平安，事情平安順遂，希望喜歡的人也能喜歡自己的願望，J也都覺得很不容易達成，但J也沒辦法讓人不再對它許願。

就這樣池子中錢幣越來越多，累積願望也越來越多，J的壓力也越來越大，就在J快被人的願望吞沒那天，天使出現了。

其實每個噴泉都有一個守護天使，天使會定期來到自己照顧的噴泉巡視，看看有沒有什麼問題需要幫忙解決，並幫噴泉增加點浪漫神秘氣氛，一看到天使到來，J迫不及待地向天使訴苦，把它的煩惱一股腦地向天使傾訴。

J：「怎麼辦？怎麼辦？現在大家都把我當成許願池，不停地對我許願，但我根本就沒有辦法幫他們完成願望，我只是個噴水池啊！」

聽完它的苦惱，天使微笑地對J說。

天使：「你想太多了，其實許願池的功能是鼓勵人把願望說出來，不是幫人實現願望的，當人勇敢地把心裡願望說出來，上帝就會聽見，當許願的人把願望說出來又努力去實現，上帝就會幫忙他把願望實現，你根本不用擔心他們願望會不會實現，你只要努力讓他們說出自己願望就可以。」

J：「是這樣的啊！看來我白擔心了。」

聽完天使的話吐了長長一口氣，J有如釋重負的感覺。

從此J不再擔心別人對它許願，現在的它每天在公園愉快地噴著水花，水花像是在跟大家說：「快來對我許願吧！快來對我許願吧！」

N

N

N是一台夜車在夜晚奔馳，其實N也有在白天行駛，但白晝的它總是渾渾噩噩沒有意識，只有在夜晚它才會清醒，N不明白究竟是什麼原因？是夜晚的空氣比較清新爽朗嗎？它自己也不明白。

通常N甦醒，都是在列車經過原野時，那陣劃破夜的寧靜，通常也會吵醒它，這時從黑暗中醒來的N開始會有點慌亂，因為不知自己身在何處也不知自己要前往何方，這時N會低頭問腳下的鐵軌。

N：「鐵道啊鐵道！這是何處？你要帶我去哪裡啊？」

鐵道：「這裡是現在，要帶你去該去的地方。」

N：「哪裏是該去的地方？」

鐵道：「未來，未來就是你要去的地方。」

鐵軌每次都會這樣回答N，雖然N不大聽得懂，但每次聽得這樣的回答N就會覺得心安，這時列車會開過海岸，滿月的晚上月光總會在海面上耀出一片光廊，心血來潮的N會想到海面上走走，這時N會低頭問鐵道。

N：「鐵道啊鐵道！你看那海多美啊！我們能去海上走走嗎？」

鐵道：「不行喔！那不是你該去的地方，萬事萬物都有自己的軌道，不能隨便想去那就去那的。」

聽到鐵道這樣回答，N想了一下又低頭問鐵道。

N：「可是我看我身體裡的旅客，他們都是自由自在，想去那裡就去那裡啊！」

鐵道：「那是你不了解，萬事萬物都有自己的軌道，人也是一樣被命運的線牽扯著，去該去的地方遇見該遇見的人發生該發生的事，只是他們自己不知道。」

N：「是這樣的喔？」

N帶點懷疑的回答，這時鐵道會繼續跟N說。

鐵道：「不信你看天上的星星，每顆星星什麼季節該出現在什麼地方都是固定的，每個晚上你仔細觀察，就會知道我說的沒錯。」

聽到鐵道這樣說，N每天晚上行駛時，都會特意抬頭注視天上的星星，時間一久N發現鐵道說的是對的，每顆星星什麼季節出現在什麼地點都是有規律的。

N：「原來一切事物都是有軌道的啊！」

了解這件事，N也就慢慢接受了自己，只能在鐵道上奔跑的宿命，但N內心還是藏有，想要脫離鐵道自由自在奔跑的渴望。

日子一天一天過去，就在N越來越接受自己的命運，安分地在軌道奔馳時，一件奇妙的事情發生了，那是在穿越山洞時發生的，當N開進那每天都會經過黑黑的山洞時，開出後N發現自己來到一個陌生的地方。

N記得開出這個山洞後，前面應該會有另一個山洞在等著它穿越，但N發現此刻的它正開在一片遼闊大地上，它無法形容那片大地有多廣闊，而在大地的遠方，有一顆大大的圓月亮正散發著藍色的光芒，N從來沒見過那麼大顏色又是藍色的月亮，那月亮非常靠近地平線簡直就像是黏在地上。

月亮幽藍的光芒把整個大地映照著神祕寧靜帶點詭異的氛圍，這時N發現自己腳下的鐵道消失了。

N：「哇！鐵軌不見了！我自由了！」

N開心地在曠野中高聲大喊。

N：「自由自在的感覺真好啊！」

N開始隨性地在原野中奔跑，一下向左一下向右有時還任意蛇行起來，享受沒有鐵道束縛的快感，胡亂跑了一陣子後N有點累了，它開始思索自己究竟身在何方。

N發現自己身體內的旅客幾乎都在沉睡沒有一個是清醒的，N找不到一個人可以說說話，研究一下自己究竟到了什麼地方，由於沒有鐵道引領，N不知道自己接下來要開往何方，抬頭看看前方那顆又大又圓又藍的月亮，N心想不如就往那開去吧！

N：「能開進月亮裏，一定比開進山洞還過癮！」

一邊這樣想一邊加足馬力，N全力向藍月亮的方向開去，但那月亮看似近實際卻很遙遠，開了半天卻還是遠在天邊，一點也沒有拉近的感覺。

但這時兩邊開始出現了一些奇怪的動物，N不知道是不是應該稱呼它們叫動物，因為它們很多不是四隻腳在地上跑，而是像人一樣兩隻腳在地上走，還有些它不知道奇形怪狀的生物。

貓跟狗都是站著，除了頭是貓跟狗身體都是人類的身體，只是身上都沒穿衣服，N看得很害羞，有的馬的頭上有角，狐狸有好幾條尾巴，老虎的身上有翅膀，河在天上流動，在天空飛的是魚不是鳥，魚身上的銀鱗在月亮藍光照耀下，併發耀眼七彩光芒真是美呆了！

N還看見遠方，有一群東西在奔跑著。

N：「是牛群還是羊群嗎？」

N這樣以為著，但駛近一看發現竟然是一群房子，每棟房子的腳下都長著兩隻腳，成群奮力奔跑著，其中有一棟沒有方向感的房子，跑得昏了頭差點撞到N。

N：「小心點！你快撞到我了！」

N大聲警告那棟房子。

房子：「對不起啊！我樓層有點高跑得有點頭暈。」

房子向N道歉。

N：「你們屋子應該好好待在原地，幹嘛這樣跑來跑去？」

N疑惑地問著。

房子：「你也是從都市來的吧？！你應該也知道都市有多擁擠空氣有多差，所以我們這些房子晚上都要跑到這運動運動，白天才能撐得下去。」

N：「是喔！」

房子：「不跟你多說了，我快跟不上前面的房子了！」

說一說完，房子就跑走了。

N：「喂……喂……。」

N還想多跟房子講一些話，問它這裡究竟哪裡，但房子就這樣頭也不回地跑走了。

N：「這是什麼地方啊！怎麼事物都跟自己平常看見的不一樣？」

N開始試著跟經過的生物們打招呼，但它發現它們都用很奇怪的眼光注視著它，除了剛剛那棟差點撞到它的房子，沒人回應它的問候。

N：「這究竟是哪裡啊？」

N發現自己來到一個奇異的世界。

由於旁邊出沒的生物都沒有人搭理它，N只有繼續孤獨的，往藍月亮方向開去。

開著開著，N發現旁邊出現了一個熟悉的事物，想不到在這裡也能遇見人，N停下了腳步開心地和那人打招呼。

N：「嗨！你好！我是N，終於遇見一個人了，這裡好奇怪喔！都是些陌生的東西，跟我平常遇見的都不一樣，哦！對不起，忘了請問你是誰？」

終於遇見一個熟悉的事物，N興奮地說個不停，那個人注視著N用很驚訝的眼光。

人：「你怎麼會在這？這不是你該來的地方啊！我？我是一個薩滿！」

N：「薩滿？什麼是薩滿！這又是什麼地方，你為何來這裡？」

N一股腦地問了一堆問題，那個自稱薩滿的人，耐心的為N一一解答。

薩滿：「以一般話來說薩滿就是巫師，是人類最早能跟大自然靈性溝通的人，也是唯一能夠自由來往靈性世界與現實世界的人類，你現在所在的地方就是靈性的世界，你怎麼會來到這裡的？這裡不是你該來的地方。」

聽完這個叫薩滿的人說的話，N仔細打量眼前這個人，身材不是很高，有著黝黑的肌膚和深邃的五官，臉上還塗著油彩，身上掛滿著銀做的飾品跟寶石串成的項鍊，穿著麻布做的寬鬆衣服，披著一件色彩繽紛的斗篷，頭上還插了一根羽毛，整個人看起來的確很有巫師的FEEL。

N：「我也不知道ㄟ，我就跟平常一樣穿越山洞，就來到這裡了！」

薩滿：「山洞啊！原來如此，那的確是通往靈性世界的路徑之一。」

薩滿恍然大悟地點點頭。

N：「你還沒告訴我，你跑來這裡要幹嗎？」

薩滿：「我是來幫人尋找靈性動物，你要知道每個人都有屬於自己的靈性動物，一旦失去自己的靈性動物，人身體就會衰落生病，我是來這裡幫人尋找走失的靈性動物。」

N；「是這樣的喔！那你找到了嗎？」

薩滿：「我剛剛本來有看到的，但你一出現它就消失了。」

N：「那真抱歉！我幫你一起找好了！」

聽巫師這樣說，N馬上自告奮勇的要幫他一起尋找。

薩滿：「不可以喔！你必須趕快回去，你再不回去就回不去了」

巫師表情嚴肅地對N說。

N：「回去？可是我不想回去啊！這裡多棒啊！沒有軌道的束縛可以自由自在地到處跑，我不想回去！」

N不情願地對薩滿這樣講。

薩滿：「你不回去？那你身體內的那些旅客怎麼辦？他們也都回不去了，他們的家人會很想念他們的，你確定你要這樣做嗎？」

聽見巫師這樣說，N回頭凝望著自己身體裡的旅客，這些人現在都正做著甜美的夢境，夢境中想念的不是自己的愛人小孩，就是分別許久期待重逢的親人跟朋友，自己如果不回去，他們的親朋好友將永遠失去他們。

「這樣好嗎？」

N陷入了極大的掙扎中，但它又不想放棄這自由自在的世界。

看見N正在苦惱，巫師繼續勸說N。

薩滿：「不要忘了你的責任就是帶這些人回家，而且沒有一個人事物是真正自由的，靈性世界也有靈性世界的規則，只是你還不清楚。」

聽見巫師這樣說，N心中終於下了決定。

N：「我想回去了，可是我不知道該怎麼回去？」

聽見N這樣說，巫師露出鬆了一口氣的表情。

薩滿：「你的方向是沒錯的，那個藍月亮的確是靈性世界的出口，但你這樣是出不去的。」

巫師低頭思考著，就在巫師沉思時，遠方有一隻大蛇以很快的速度蜿蜒而來，那隻蛇體積很大身形幾乎有N的兩倍長，有著兩顆大大的黃眼睛，眼睛中閃耀著紅色的燭火，快速地從N身邊滑過。

看見蛇的出現，巫師興奮地對N說。

薩滿：「快！快跟著那條大蛇，那是隻燈龍是個引路者，它會帶你走出靈性的世界。」

聽見巫師這樣說，N立即加足馬力，緊跟著燈龍後面全力快速奔馳，連一聲再見都來不及跟巫師說，就在快追到燈龍的尾巴時，本來遠在天邊的藍月亮突然出現在眼前，刷的一聲，N穿越過了山洞回到了現實世界，N眼前又出現了那片它熟悉的海岸。

就在N以久違的心情注視著眼前熟悉的一切，N聽見鐵道在對它說話。

鐵道：「你剛跑去哪了？我有一陣子感覺不到你？」

N：「有嗎？我一直在這裡啊！」

鐵道：「是哦！這真是奇怪。」

話說完，鐵道沉默不語。

想到自己也有鐵道不知道的事，N心裡不禁得意了起來，N現在最想做的，就是趕快把在它身體內的旅客送回家，但N心中其實還是默默期盼著，自己有一天能再穿越山洞，去到那個奇妙的世界自由自在地奔跑。

B

你不能說B注重外表，批評它愛慕虛榮，一直想要打扮自己，如果你也長得跟它一樣平凡，你可能也會像它一樣。

B是一個禮品店的包裝盒，用厚紙板做的它外表很單調，就是一個白色盒子，所以B一直很期待被包裝的那天，因為被包裝那天就是它擺脫平凡的日子，它會被披上閃亮繽紛的包裝紙，綁上有著絲質光采的緞帶，最後再加上個美麗的蝴蝶結，這是B最期待的一天，也是所有包裝盒都期待的一天。

這幾天店裡很熱鬧，抽屜外面人聲鼎沸，根據店員的說法，隔幾天就是情人節，來店裡買禮物的人會越來越多。

B：「那不就表示，自己出場的時間快要到了嗎？」

B滿心喜悅，期待那天的到來。

果然在情人節那天，它被拿出了抽屜，來買禮物的是個十六七歲的小男生，B感覺到有一條心型的項鍊放進了自己身體裡。

這時它聽見店員對小男生說，

店員：「需要包裝嗎？」

小男生：「包裝需要加錢嗎？」

店員：「包裝紙五十元，如果需要加特製的蝴蝶結，還要再加50元。」

小男生買項鍊幾乎花光了所有的錢，

小男生：「那不用了，這樣就可以。」

聽到小男生說出這句話，B瞬間失控。

B：「怎麼可以不包裝？怎麼可以什麼都不要？怎麼可以讓我這樣赤裸裸見人？」

它失聲尖叫著，但是盒子的聲音人聽不見。

小男生拿起盒子轉身向門口走去，就在走出門口那一刻，B崩潰地哭泣起來。

B：「怎麼可以這樣，我的人生就這樣毀了，連輝煌的一瞬間都沒有，你怎麼可以這樣對我？！」

跟著小男生走在路上B一路上都在啜泣，當然它的哭聲小男生聽不見，小男生接著上了公車，可能不是尖峰時段，車上人不多還有位子坐，小男生挑了個位子坐下，旁邊坐著的是一個年輕婦女，手上捧著一束鮮花臉上洋溢著幸福的笑容，看來花應該是情人送的。

當然B還是在哭哭啼啼，這時B突然聽見有人在跟它說話。

「你在哭什麼啊？！」

停止了哭泣，B抬頭向四處張望，發現是婦人手中那一束玫瑰花在對它說話。

玫瑰花：「你在哭什麼？身為一個禮物怎麼可以這樣哭哭啼啼？」

玫瑰花用略帶責備的口氣跟B說。

B：「你不知道身為包裝盒，長相平凡的我們，都在期待自己成為漂亮禮物的那天，希望自己會被披上閃亮包裝紙，戴上漂亮蝴蝶結，成為世上最美麗的禮物盒，但主人什麼都沒做，讓我這樣赤裸裸的見人，我好難過！我不想活了……。」

B大聲哭泣地說著。

聽完它的哭訴，玫瑰花溫柔的對B說。

玫瑰花：「你要知道身為禮物的我們，主要是傳達主人的心意，那是最重要的，自己怎樣並不重要，赤裸裸的也沒什麼不好，少了包裝有時更能表達心意，你不要哭哭啼啼了，要趕快振作起來。」

B：「是這樣的喔？」

玫瑰花說的話讓它覺得有點羞愧，想到自己只在乎自己本身美不美，而忘了身為一個禮物，該盡的工作與責任。

B：「我不能這樣了，我要振作起來！」

B在內心這樣告訴自己，停止了哭泣。

小男生起身準備下車，向玫瑰花道了謝，B跟小男生一起下了車走進了公園，由小男生手上的脈搏，B發現他心跳得很快，遠方公園涼亭裡，有一個臉圓圓眼睛也圓圓可愛的小女生，正在等待著小男生到來。

離涼亭越來越近，小男生的心也越跳越快，小男生偷偷地把B藏在自己身後，隨著心跳聲加速，B也全心全意地做準備，想讓自己看起來，像是一份充滿心意的禮物。

走進涼亭，小男生羞澀地伸出雙手，把盒子遞給小女生。

小男生：「不好意思！買裡面的禮物錢都花光了，所以沒辦法好好包裝。」

小男生抱歉地對小女生說。

小女生：「沒關係！這樣就很好。」

小女生開心地回應。

小女生伸手接過禮物，就在小女生的手碰到盒子那刻，一件奇妙的事發生了！

一隻美麗的蝴蝶像是明白B心思一樣，翩翩地飛到它身上停了下來，就在那一刻，B有了最美的蝴蝶結，成為了世上最漂亮的禮物盒。

Y

Y

它是一塊石頭住在山間溪流裡，每天在太陽與月亮照耀下，享受著冰涼泉水的沖刷，在歲月堆疊下，水流力道讓它更顯圓潤，山川靈氣更沁入它骨子裡，就這樣它漸漸有了生命，只是沒有人發現。

有一天一個男人走進山中，從溪流中撿起了它，彷佛感受到它的生命力，男人開始切割它打磨它，那樣激烈的碰撞痛楚，讓它的靈性從歲月中醒了過來，它成了一塊玉一塊翡翠，我們叫它Y。

由於它是那麼的油亮翠綠不帶一絲雜質，Y成了大家爭搶的寶物，經過幾次輾轉，Y來到一間賣古玩玉石的商店。

在古玩舖裏，Y的右方躺著一塊雕刻成蟬形狀的古玉，聽說是從古墓裡挖出來的，不知是在暗無天日環境中待久了，個性有點陰鬱不愛講話，左手邊的那塊紅色玉環可就熱鬧多了，很愛講話聒噪個不停，的確一塊紅瑪瑙被當成是塊血玉，是應該興高采烈的，在那裏Y等待著它命定的主人。

這家骨董店生意感覺有點冷清，一天進來最多五六個人，有時一天連一個客人都沒有，但只要是進來的客人好像就是真的要來買東西的，像現在就有一個男子在它的櫃子前晃啊晃，Y覺得這個男子很沒眼光，竟然看上那塊瑪瑙。

男子：「老闆，可以看一下那紅色的玉環。」

聽到男子這樣說，五十幾歲有著花白頭髮身體有點富態的老闆，趕緊走上前來，從櫃中拿出玉環，一邊拿一邊對男子說。

老闆：「先生你可真有眼光，這可是一塊難得的血玉啊！」

Y：「又來了！又在騙人了！」

Y心裡嘟囔著。

Y覺得老闆真是個奸商，很不齒老闆的作為，但也沒辦法說什麼，即使講了，Y想那男子應該也聽不見，就這樣Y在一旁靜靜聽著，老闆展示它的三寸不爛之舌。

老闆：「偷偷告訴你，這是從漢朝的古墓挖出來的很少見，不但有收藏的價值，還很有升值的空間……。」

不知道是男子錢太多還是老闆太會講，男子最後竟然花大錢買走了那紅色的玉環，不，是瑪瑙環，在男子離開店時，Y聽見紅色瑪瑙開心的大笑聲。

紅色瑪瑙：「耶！我好高貴啊！我是一塊血玉！哈！哈！哈！……。」

就這樣血玉離開了，櫃子也安靜了起來，剩下Y跟那塊不愛講話的古玉，相處久了Y漸漸也知道了古玉的故事，知道它是一塊「含蟬」，是古代的陪葬品，曾被含在死人嘴巴裡，難怪它不想講話。

Y就這樣繼續在古玩鋪裏等待它的主人，其實之間也有很多人看過Y，但Y很挑剔，只要覺得握它的人氣不對，Y就會裝死變得黯淡無光，所以Y一直沒被買走，Y一定要等到一個跟它「情投氣合」的主人。

一天一個長相清秀的女子走進了古玩鋪，逛著逛著女子看見了它。

女子：「老闆！可以看看那一塊翡翠嗎？」

女子跟老闆說想看看它，老闆從櫃子中取出了Y放在她手上，就在接觸到女子手的那一剎那，Y感覺到有一股靈氣貫穿全身，Y很久沒有這樣舒暢的感覺了，它一般接觸到的人身上都帶著很重的濁氣，期待著玉來清淨，只有這個女子身上不帶一絲濁氣，Y在女子手上綻放了前所未有的光采。

「這女子一定是一位仙女！」

Y心中這樣想著。

這時古玩鋪的老闆在一旁說話了，

老闆：「小姐，你看這玉的氣場跟你多和啊！在你手上多漂亮。」

女子也很喜歡Y，但由於老闆開價太高，在一陣討價還價中，女子最後還是下不了手說要再想想看，接著就要放下Y在櫃子上，在女子手要放下的那一刻，Y大聲哀求著女子。

Y：「不要！不要放下我，求求你帶我走！」

可是Y的懇求女子聽不見，離開女子手的那一刻，Y心中感受到一陣巨大失落感，Y多希望能這樣一直被女子握在手中，希望能依偎在她身旁，但現在的它，只能眼睜睜地看著女子離去。

Y一直期望著女子再度到來，但女子一直沒出現，就這樣日子一天天過去，女子依舊沒有出現。

就在Y死心，放棄等待女子到來的同時，這日一個貴婦走進了古玩鋪。

為什麼說這個女子是「貴婦」，因為這女子全身上下的東西，看起來都很貴。手上提著有大大品牌字母的名牌包，Y上次聽一個喜歡炫富的客戶講過，知道這牌子的包包一個少說也要二十萬起跳，全身珠光寶氣，手指上戴著的那顆鴿子蛋大小的紅寶石戒指，應該也有好幾十克拉。

貴婦一出場，派頭果然十足，

貴婦：「老闆，把你們全店最好最貴的東西，拿給我看。」

聽見貴婦這樣說，老闆趕忙走上前來，從櫃中取出了Y。

老闆：「這是我們店裡最好的老坑翡翠，你看它顏色綠得多嬌嫩，還有那水頭多油亮啊！你在別的地方一定看不到，是一塊不可多得的好玉。」

老闆一邊殷勤介紹，一邊要將Y交到貴婦手上，看到貴婦穿金戴銀的品味，Y實在不願意被貴婦握在手上把玩，但不由自主的它還是被老闆交到貴婦手上，就在貴婦手碰到Y的那一刻，正當Y又想裝死時，一股強大的氣逼進它身體裏，分不清是貴氣還是俗氣，Y一陣暈眩，從貴婦手上滑落掉在地上碎裂。

G

G君最喜歡做的事就是躺在草地上看雲，成大字的形狀躺在草地上看雲，G君覺得那是看雲最好角度，每朵雲飄過的形狀都能被清楚辨識，身體處在一種完全放鬆的狀態。

有時看著看著會處在一種空的狀態，身體空空的腦袋也空空的，所有的煩惱與不愉快都被放到天空裡，G君很喜歡這樣的感覺，所以每當有煩心事時，他就會跑來這裡躺在草地上看雲，就像G君今天聽到。女朋友在美國結婚的消息。

大學是班對的他們，在一起度過一段很美好的青春歲月，但在大學畢業後，家境富裕的她到英國念書，經濟環境不允許的他，只能留在台灣唸研究所，他們一開始靠著EMAIL和一些通訊軟體彼此聯絡地很頻繁，但後來因為不同時空與繁忙的課業，兩人互動就越來越少，G君記得有一次為準備期末考，和女朋友之間快一個月都沒有聯絡，曾經緊密的心就這樣被距離拉開了，後來聽說她交了新的男朋友，後來……。

其實他早知道會是這樣的結局，從女朋友出國那天就知道了，G君不是對愛情存有太多幻想的人，但即使如此這樣的事還是讓他感傷不已，所以今天他來到這裡，躺在草地上看雲想把自己放空。

但今天天上的雲很不尋常，有很清楚的形狀，剛剛飄過的那朵像一隻鴿子，眼前飄過這朵根本就是一顆愛心，接下來飄過來的這朵像是一顆女人頭，一顆綁著馬尾的女人頭，而且奇怪是這顆女人頭，還有種似曾相識的感覺。

G君開始思索，自己認識的女生中誰是綁馬尾的，G君的女朋友是不喜歡綁馬尾的，因為她總覺得自己的臉大，喜歡把長髮放下來遮住雙頰，他認識女生當中喜歡綁馬尾的常常綁馬尾的，應該是他大學的學妹，G君記得大學時，每次在學校看見她都是綁著馬尾。

學妹是很適合綁馬尾的，削瘦的臉頰細長的脖子，綁起馬尾的她更顯清秀，再加上一雙有靈氣深邃有神的大眼睛，G君記得那時同學們幫學妹取的外號「小奧黛麗赫本」，外表纖細的她個性卻很男子氣，是一個有趣的組合。

G君不知為何最近常會想起這個學妹，在學校裡他跟她的互動並不多，雖然她是他直屬的學妹，大學新生訓練時還是他負責帶她的，但在學校時G君總是習慣躲著她，因為他發現這個學妹喜歡他，而他當時已經有女朋友了。

G君是個不喜歡找麻煩的人，不希望自己的感情世界太複雜，加上那時又深愛著自己的女朋友，所以他總是盡量避開學妹，那段時間G君很怕在校園遇見學妹，看見她那雙充滿靈氣的大眼睛，那眼睛裡隱藏著深情專注的眼神，而那樣的眼神常讓G君招架不了。

那眼神總是跟隨著他，從背後、從左方、從右方、從四面、從八方，在課堂、在走廊、在籃球場、在撞球店、在豆花店……，在任何他常出沒的地點，G君常常都會發現這樣的眼神，雖然這樣的眼神，常會隱瞞、低調、有意、無意、明亮、晦澀、綻放、躲藏，但G君總是能發現，最後甚至連G君女朋友也察覺了。

「學妹好像喜歡你哦！你很受歡迎嘛！」

女朋友這樣取笑著他。

「哪有，你別亂講。」

G君總是急著否認。

「不知道學妹最近怎樣？在做些什麼？日子過得還好嗎？」

G君心裡這樣想著，最近不知為何腦海中常會浮現學妹的影子，天上的女人頭雲朵越看越像是學妹，想說自己應該打個電話問候一下，但再想想自己根本就沒有學妹的電話，剛想把這可笑想法丟開，天空的雲又起了變化。

飄過一朵像是阿拉伯數字0的雲，接下一朵像是9，接下像是2，接下來像是0，接下來像……，天空飄來一堆數字雲，湊起來剛剛好是一個手機號碼。

G君：「不會吧！這不會是學妹的電話號碼吧？！」

吃驚的從他草地上坐起，看著天上莫名的數字雲，按耐不住好奇心的G君，拿起手機撥了天空上號碼，一陣嘟嘟聲後手機接通了，

「喂！喂！……。」

電話那頭傳來熟悉的聲音。

W

W

做為一個作家常常要長時間的寫作，所以他需要一張坐起來舒服的椅子，在舊的椅子壞掉以後，W迫切地需要幫自己找一張新的椅子。

雖說是新的椅子，但W的品味跟一般人不太一樣，W喜歡有時間感的物品，他認為光陰能讓質感好的東西散發出光采，所以他來到一家專賣舊物的店，準備找一張新的椅子。

一走進店裏W就看見了它，一張木頭色的椅子，原木的材質上了透明的漆，不同深淺的木頭色透露了被使用過的痕跡，簡單的線條讓它一點也不嘩眾取寵，靜靜立在角落散發一股獨特氣質。

不知為何W一眼就看上了它，有種很熟悉的感覺，試坐了以後更有一種莫名的舒服與依賴感，尤其靠著椅背的時候，W決定要買這張椅子，開始跟店家談價格。

W：「老闆，這張椅子多少錢？」

老闆：「八千元！」

上了年紀頭髮有點花白的老闆，面無表情地說出椅子的價格，聽到價錢W嚇了一跳。

W：「舊的椅子還這麼貴！」

老闆：「別小看這張椅子，它可是樟木做的，現在要找一顆這麼大的樟樹，做一張這樣的椅子可不容易。」

老闆以不識貨的眼神冷冷地回看著W。

W：「是樟木的啊！」

W對樟木是很熟悉的，小時候家附近的田地邊也有一棵很大的樟樹，小時候的他常跟同伴到樹下玩，對樟樹W是很有感情的，聽到是樟木做的更堅定了W買這張椅子的決心，在一番討價還價後，W最後以六千元的價格買到了這張椅子，把它帶回了家。

一回到家中，W就迫不及待地坐在椅子上開始寫起作來，明明是張木頭椅子W卻覺得比坐在軟墊的椅子上還舒服，寫著寫著還特別文思泉湧，洋洋灑灑一下就寫了好幾千字，就在快打疾書時突然一陣疲累感襲身，打了個呵欠，W就坐在椅子上打起盹來。

睡夢中W來到了一片田地，一片種滿油菜的田地，油菜的枝頭上已經開出了黃色的花朵，有很多的白粉蝶在花叢中飛來飛去，在身旁的花朵上一對白粉蝶正在交配，這時一雙小手抓起了白粉蝶，一個小孩站在W的面前，W就這樣從夢中醒了過來。

W：「怎麼會做這樣的夢？」

夢中的那片油菜田W是熟悉的，那是W小時家附近的那片稻田，而那小孩就是兒時的他，那片稻田在休耕時會改種油菜，油菜一開花就會有很多白粉蝶在花叢中飛舞覓食交配。

小時候的W常和同伴們在田裡奔跑追逐著白粉蝶，那時好奇的他們，常會捕捉正在交配的白粉蝶，然後硬生生地把它們拉開，現在想想那真是件殘忍的事，W常想自己現在這個年紀，還沒有很完美的性關係，可能就是小時候做太多這種缺德事的關係。

不知為何會夢到，那一片油菜田跟小時候的自己，抬頭看看掛在牆上的時鐘，已經快半夜十二點。

W：「可能是太累了，應該要休息了！」

想著想著W從椅子上站起了身，伸了個懶腰然後走到浴室，刷了牙洗了個臉，準備好好睡一覺，明天早上起床再繼續寫作。

睡了個安穩的一覺，第二天早上一起床刷完牙洗了臉，吃了個簡單的三明治喝了杯豆漿，W又迫不及待地坐在書桌前開始寫作。

一開始W振筆疾書精神抖擻，W覺得自己已經很久沒有這樣文思泉湧了，但寫著寫著W又打起呵欠了，突然間W又睡著了。

睡夢中W又回到了那片菜花田，夢境中W變回了童年的自己，跟著同伴在田中奔跑遊玩，跑著跑著來到了一棵大樹下，W認得那是小時候在田邊的一棵大樹，聽大人說那是一棵老樟樹，已經有好幾百年的歷史。

小時侯在田裡玩累了的他們，就會跑到樹下乘涼休息，W記得小時候有個同伴叫阿猴，人黑黑身材瘦瘦的他手腳很靈活，往往是第一個爬到樹頭的人，還會常常抓著樹幹吊在上面晃來晃去，就像隻猴子一樣，所以他們都叫他阿猴，這時W聽見阿猴在呼喚著自己，就在他抬頭尋找樹上阿猴的蹤影時，W又從夢中醒了過來。

W：「怎麼又睡著了？又夢到自己的小時候呢？」

W已經很久沒有想起自己小的時候，想起自己小時候生長的地方，突然做起這樣的夢讓W覺得很疑惑。

搬來都市已經十幾年來，中間這段時間W也曾回去探望過幾次，但每次的歸鄉總帶給W巨大的失落感，因為故鄉早就不是原來的樣子，原本的田地一畝畝的消失變成一棟棟房子，空氣中再也聞不到熟悉青草和土壤的氣息，只有奔馳在柏油路上汽車的油耗味，大樹當然也早就被砍掉了，童年的場景就這樣消失了。

空間裡找不到一點跟兒時相關記憶跟場景，這樣的故鄉還是故鄉嗎？每次回到家鄉看著原本田地上蓋著的一棟棟建築，W就像是看著一座座的墓碑，自己的童年就這樣活生生被埋在下面，所以W很少回去了，也很少再想起自己的故鄉。

W常覺得現代人都是可悲的，在快速變遷環境中，人不但和土地失去關係也和過去斷了聯繫，都是些在時空中失了根的人，所以對於為何會突然一

直夢到自己的童年場景和時光，W覺得很疑惑。

百思不得其解，但為了即將到期的稿件，W暫時把這一切疑慮先丟到一旁，休息了一會後泡了杯濃茶，想說應該不會再睡著了，W又坐回書桌前努力打起鍵盤，打著打著W竟然又睡著了。

W又夢見了自己在田地中奔跑，夢到黃色的油菜花看見白粉蝶，看見一張張童年夥伴的小臉，接著畫面來到大樹下，W和童年夥伴們一起背靠著大樹休息，W突然聽見了綿綿不絕的蟬聲，臉龐感受到一陣陣的清風，陽光從葉縫中斑駁地灑落在自己身上，就這樣舒服地靠在樹幹上，不知不覺地睡著了，就在睡著的那一刻W醒了過來。

W：「怎麼又睡著了？」

W開始懷疑自己難道是得了嗜睡症，不然怎麼會這樣動不動就睡著，但對於為何會一直夢到童年的場景，W心中依然沒有答案。

喝了口濃茶W繼續寫作，所幸接下來的這段時間W始終保持著清醒，到了午餐時刻，W決定散散步到外面去用餐。

在餐廳用餐時，W有點擔心自己會不會吃一吃又睡著了，所幸這樣的事情並沒有發生，用餐回來後W還特地上網GOOGLE了「嗜睡症」的症狀。

「維基百科----患有嗜睡症的人，會反復發生過度日間嗜睡（EDS），這和因晚上缺乏或中斷睡眠而導致的疲倦不同。他們被迫在白天內多次地打盹，且經常會在不適宜的時間，如工作、吃飯或是在談話時……」

「患有嗜睡症的人，在晚上也經常會有過長時間的睡眠。而且很難從長時間的睡眠中醒來，若硬要醒來則會感到無所適從……」

想想自己只有在寫作時睡著，而且晚上也沒有長時間的睡眠，雖然早上會爬不起來，但好像也沒有硬要醒來的症狀，也不會覺得無所適從，只有想要倒頭繼續再睡的渴望，想想自己應該不是得了「嗜睡症」，W安了點心。

休息了一下，下午W又努力寫作了起來，不知是中午用餐時點了杯黑咖啡的關係，還是W一直保持著警覺，突然昏睡的狀況沒有再發生。

像W這樣專門寫作的人，會每天規定自己的寫作時間讓自己不要偷懶，W通常是在白天寫作，每天規定自己最短要寫六個小時，至少要寫五千個字，晚上通常是W休息的時間，剛買回椅子的那一天，由於太興奮才會在晚上寫作。

晚上W看了幾部租來的外語片，都是國外影展得獎的電影，其中有幾部再不看要過期了，所幸看片的過程中W也沒有昏睡，W心中越發篤定，自己應該沒有得嗜睡症。

睡了一夜的好覺，早上起床精神抖擻的他，簡單的梳洗吃完早餐後，又坐到椅子上寫作。

W心想昨晚睡得很好應該不會再睡著了，想不到寫著寫著W又昏睡了過去，睡夢中W又回到了大樹下，這次沒有童年夥伴只有W一個人坐在樹下，W也不是童年的自己而是現在滄桑的中年，中年的他靠著樹幹，坐在樹下享受著陣陣涼風跟綿綿的蟬聲。

W：「不知道有多久時間，沒有像這樣坐在樹下靜靜地聽著蟬聲了，真是好舒服啊！」

W心中這樣想著。

但蟬聲實在太催眠，W又起了濃濃的睡意，但在將要睡去的那刻，W突然想起了什麼，從睡意中掙扎爬起的他轉身問大樹。

W：「你是它嗎？那張椅子？」

搖晃著枝桿的大樹，在樹葉的婆娑聲中輕聲回應。

樟樹：「是的！我就是它！很高興再與你相遇。」

W突然驚醒，坐在椅子上的他起身望著椅子，手撫摸著椅背眼淚不停地奪眶而出。

K

可以每天瘋狂地唱歌，不用擔心鄰居檢舉，也不用怕違反噪音防制法警察來開罰單，還常常能得到掌聲，K實在愛死這樣的生活了。

K是一支麥克風，一支在KTV的麥克風，但K可不是一支普通麥克風，而是整個KTV中最受歡迎的麥克風，每個來唱過它的人都會想再來，每個人都想要預訂它在的包廂，都想要拿著它唱歌。

因為只要拿著它唱歌，每個人都像是被歌神附體一樣，不但不會走音，連音域都變得特別寬，平時唱不上去的高音都能輕易地征服，更重要的是一拿它上手就會有欲罷不能的快感，越唱越有勁怎麼唱也不累，因此每個人都想要擁有它，想拿著它唱歌。

為什麼K會這麼的神奇呢？如果大家記性不差，還記得驅魔師X的話，就會想起他曾經收服一個女歌手的怨靈，沒錯！這個女歌手的靈體，現在就在這麥克風上。

因為女歌手寧願魂飛魄散也不肯轉世投胎，加上X是女歌手生前的歌迷，所以他只好另找地方安置女歌手的靈體，想來想去，對愛唱歌的女歌手來說，KTV是最適合的地方了。

女歌手也很滿意這樣安排，成為KTV裏的一支麥克風，成為我們稱為K的麥克風。但X跟她約法三章，不能再講出話來嚇人，一違反約定就要乖乖轉世投胎，K也同意了。

從此K在KTV裏快樂生活，名聲越傳越遠，很快就成為麥克風界的傳奇，甚至還有當紅的歌手慕名而來，有一位歌壇天后號稱有百萬麥克風的巨星，也親自來KTV唱它一回，天后一唱也為之驚艷，當場就上癮，出高價想要買K，但被KTV老闆拒絕了，因為老闆自己也很愛拿著K唱歌。

日子一天一天過去，K也一直遵守著跟X的約定不再跟人說話，稱職地當一支幫人發聲的麥克風，但這一切在Q出現後有了轉變。

Q是一個身材瘦弱長相清秀的小女生，每次都在冷門時段一個人來KTV唱歌，看她的樣子，K一開始沒想到Q會唱歌的，但她一開口就立刻震懾了K，想不到瘦弱的身體，能發出這麼洪亮的聲音，音質非常純淨還帶著點毛邊，不論低音高音都能輕易撩動人心，把人內心最深處隱藏的感動激發出來。

K第一次聽Q唱歌就落淚了，

K：「這女孩是天生的歌姬！」

K心裡這樣想著。

之後Q常來K的包廂唱歌，每一首歌的表現都讓K感動讚嘆不已，K發現自己成為她的歌迷了，但K很好奇Q為何總是一個人來唱歌，K覺得她應該去參加歌唱比賽，去成為歌手去唱歌給每一個人聽。

這一天Q又一個人來KTV唱歌，點了一首K生前很紅的動感歌曲，載歌載舞的精彩表現讓K很想站起來為她鼓掌，可是K現在只是一支麥克風，沒有辦法站起來，但此時K再也忍不了。

這時KTV螢幕上畫面突然中止，正在MTV裏搖頭晃腦唱歌的K也停止了動作，大大的側臉轉過身子對著Q說話。

K：「你在這裡幹嗎？你應該去參加歌唱比賽去當歌星，唱歌給所有的人聽，不應該一個人在KTV唱歌。」

K嚴肅的對Q這樣說著。

本來唱得正HIGH的Q，被這突來的景象嚇得說不出話來。

Q：「你、你、你……。」

K：「別害怕我是女歌手K，你也知道我剛過世，由於太愛唱歌，死後我的靈體就附在這支麥克風上，我不應該跟你說話的，但我實在忍不住！」

不顧Q的恐懼，K一股腦兒地向下說。

K：「你知道嗎？來這裡唱歌的人，大多數是要待在家中，不應該出來嚇人的，但你不一樣，你是天生的歌者，應該要出來唱歌給大家聽。」

好在Q也是K的歌迷，憑著對K的熱愛克服了自己恐懼後，Q怯生生地對K說。

Q：「可是我不敢在別人面前唱歌，我會發抖會唱不出來！」

K終於明白，為何Q總是一個人來唱歌。

K：「別害怕！你可以的，帶著我參加比賽，我會幫你克服恐懼，讓你的聲音被全世界聽見。」

花了一個晚上的時間，K發揮她生前身為巨星，巨大影響力與控制慾，最後終於說服Q去參加比賽，Q臨走前K還特地囑咐她，去跟KTV老闆借它去參加比賽。

第二天晚上Q跑去跟KTV老闆借麥克風，但K可是老闆的搖錢樹，老闆一口就回絕了，沮喪了一個晚上，正當Q想說自己參加不了歌唱比賽了，沒想到隔天一大早，老闆竟然親自把麥克風送上門來。

老闆：「昨天晚上我作夢，夢見這支麥克風一直追著我打，逼我把它借給你，我的頭被打得好痛，麻煩你告訴它今晚不要來找我了，好嗎？」

心有餘悸地的KTV老闆對Q說完後，落荒而逃匆匆離去，手中握著好不容易到手的麥克風，Q心想讓這世界聽見自己聲音的時刻已經到了。

Q參加了「XX好聲音」歌唱比賽，這個比賽在海選時有個特別的盲選做法，參賽者在台上唱歌時評審是背對參賽者的，一聽到有自己喜歡的聲音，評審才會轉過頭來，如果沒有評審回頭，就表示參賽者被淘汰了。

Q一上台全身緊張得發抖，手上的麥克風抖得都快握不住，音樂響起時，Q很想立刻轉身跑下台，但這時耳朵旁響起了K的聲音。

K：「別怕！我在一旁陪著你。」

Q轉身看見K就站在舞台上，站在自己的身邊，一隻手牽著她，另一隻手拿著麥克風準備跟著她一起唱，在K的陪伴下，Q終於在舞台上唱出，屬於她自己的歌聲。

Q一發出聲音，全場立刻響起了熱烈的掌聲，唱不了幾句，四位評審幾乎同步地回過頭來。

評審A：「你的聲音有自己獨特的質感……」

評審B：「聽你唱第一句，我就感動得想流淚……」

評審C：「聽妳唱歌會讓我想起，一位剛去世不久的女歌手……」

評審D：「低音可以沙啞，高音卻那麼清亮有力，是不可多得的好聲音……」

四位評審爭著要Q當自己的學員，最後在K的建議下，Q選擇了評審D當自己的導師。

在K的陪伴下，Q在舞台上盡情展現自己，以為K會陪在自己身邊，Q在舞台上表現得無所畏懼，但其實她不知道，K很多時候其實已經離開了麥克風坐在舞台下，在觀眾席中看著她的演出，為她的表現鼓掌喝采。

Q的表現果然讓她一路過關斬將殺進了總決賽，總決賽Q決定選K的成名曲，做為自己表演的最後的一首歌，表面上是要對K致敬，但實際上是她想要表達內心對K深深的感謝，K也很想跟Q一起在舞台上唱她的這首歌。

決賽舞台上當K準備跟Q一起表演時，K在舞台下的人群中，看見了一個熟悉的身影。

K：「是X！」

K心想時候到了。

只見X嘴巴嘟囔了幾句，K的靈體就離開了麥克風，飄到X身前。

X：「現在不用你，她自己就可以在舞台上發光發熱了！」

K：「是啊！現在反而是我靠她，享受過去在舞台上的感覺。」

Q在舞台上忘情地唱著，完全沒有察知K的離去。

X：「你該跟我走了！」

K：「可以聽完這最後一首歌嗎？」

K知道這首歌是Q特地唱給她聽的，X默默地點了頭。

一唱完歌全場觀眾包括評審都站起來為Q鼓掌，當所有的掌聲光芒都聚集在Q身上時，K雙眼泛著歡喜的淚光，跟著一旁的X悄悄地離場。

V

V

V是一個愛漂亮的年輕女子，愛美的她對追求美總是不遺餘力，只要聽見有可以變美的秘方，不管是擦的塗的抹的吃的，她都會勇於嘗試，有嘴巴很毒的朋友曾嘲笑她，如果被火車撞會變更美，她應該也會去給火車撞，V女心想自己才沒那麼笨。

愛美的她當然也很愛打扮，每次穿搭好的她，就會在鏡子前面照來照去，沉醉在自己的美麗中。

V女最近搬了家，因為舊房子租約到期了，V女找了一陣子才找到現在的新住處，她很滿意這個新家。因為這個新家的牆上掛了一面大鏡子，這面鏡子非常的華麗，好像是銀的邊框雕刻著古典的花紋，長橢圓形的形狀很像小時候看童話書裏，白雪公主後母照的那面魔鏡，最特別的是鏡面非常明亮深邃，鏡中反射出來人的影像非常立體，看起來特別美麗。

V女一看見這面鏡子，就決定要租下這間房子，她曾向房東打聽這面鏡子，房東說是之前房客留下的，聽說是在骨董市場買的。V女很好奇前房客怎麼會把這麼美的鏡子留下來沒帶走，多打探了一下，房東說他也不是很清楚，只知道原先租這房子的女房客是一個大美女，人不知為何失蹤了，來幫她整理東西的家人沒把鏡子帶走，可能忘記了。

V：「忘得真好！」

V女心中竊喜。

在把搬家的物品打理好後，V女決定好好裝扮自己，然後開瓶紅酒慶祝自己的喬遷之喜。

金牛座的她很喜歡把自己弄得BLING BLING，穿著繡有英文字母水鑽的小洋裝，拿著鑲滿水鑽有著立體小動物的手機殼，V女得意地邊照鏡子邊說。

V：「看！我很美吧！我多閃亮！我真漂亮！哈！哈！哈！……」

就在V女自我沉醉時，鏡子中突然浮現一張人臉，用不屑地口氣回答V。

鏡子：「才不，難看死了，你這個醜八怪！」

照理說鏡子裏突然浮現一張臉並跟自己說話，V女應該嚇得魂不附體才對，但對於身為愛與美女神星座的她，是最痛恨別人說她醜的，極度的憤怒掩蓋了她的恐懼，V女氣得渾身發抖大聲地反擊。

V女：「你才是個老妖怪，你哪有資格說我醜。」

聽見V女的反擊，魔鏡毫不退縮變本加厲地諷刺。

魔鏡：「看你全身BLING BLING多俗氣啊！簡直就像紅包場裏的過氣老歌星，燈光打在你身上都嫌浪費，還有像你這樣的長相，隨便街上抓就一大把，是美在哪？」

聽見鏡子這樣講，V女簡直要氣瘋了！

V女：「你最好搞清楚我現在是你的主人，你給我放尊重點。」

魔鏡：「沒辦法！我們魔鏡就是要說實話，你有看過白雪公主的故事吧？你應該知道的。」

不理V女擺出主人的架子，魔鏡依然尖酸刻薄地回應，V女心想非給鏡子一點教訓不可。

V女：「我告訴你你再不跟我道歉，說我是美麗的，我就把你打碎。」

魔鏡依然不為所動，

魔鏡：「我勸你最好不要把我打碎，這樣你的影像也會跟著破碎，對你很不好還有可能傷到自己，我勸你最好不要。」

心想連這樣的威脅都沒有用，就在一籌莫展之際，V女突然急中生智。

V女：「好，沒關係！既然不能打碎你，我就拿塊布把你蓋上，讓你從此不見天日。」

這樣的恐嚇好像有點作用，嘴賤的魔鏡開始妥協了。

魔鏡：「好啦！好啦！不要生氣，我是魔鏡不能說謊，但是我有辦法讓你越變越美麗。」

害怕自己從此不見天日，魔鏡開始對V女示好，而聽見可以變得更美麗，V女的怒氣瞬間下降，心花怒放了起來。

V女：「快說！快說！怎樣可以變更漂亮。」

魔鏡：「很簡單啊！你只要每天不停照我就可以。」

V女：「這麼容易！不用付出什麼代價嗎？」

聽到這麼簡單可以變美，V女有點擔心起來，看來V女還有點智商。

魔鏡：「變美一次只需要你一小小片靈魂，別擔心！你靈魂這麼大片不用害怕！」

沒發現鏡子是在暗諷自己胖，想到自己可以變美，V女毫不猶豫地就答應了鏡子的條件。從此她每天都會照魔鏡十分鐘以上，越照V女真的覺得自己越來越美了，不但身材變瘦變勻稱，肌膚變細膩光滑五官變得深邃，連頭髮也越來越烏黑亮麗。

身邊的朋友也都覺得V女變漂亮了！大家都懷疑她是不是去做整形手術，削骨抽脂整形打肉毒跟玻尿酸，但V女很自信地跟大家說，她什麼都沒做只是照鏡子而已，當然沒人相信她的鬼話。

就這樣V女越變越美，有一天V女在照鏡子時，很驕傲地問鏡子。

V女：「我現在應該是全世界最美的女人吧？！」

想不到鏡子竟然回答，

魔鏡：「不是哦！」

V女：「難道這世界上還有比我更美的白雪公主？我不相信！」

對於V女的逼問，嘴賤的魔鏡這次竟然沉默沒有回應，為了向魔鏡證明自己是全世界最美的女人，V女決定去參加世界小姐選美。

參加選美比賽的她，果然一路過關斬將，大家都覺得她是個完美的女人，其實這也是理所當然的事，因為照過魔鏡的女人本身就是面魔鏡，能把人心中完美形象投射到自己身上，因此每個人看V女都像是在看自己心中完美的女神，因此即使在機智問答的部分表現不佳，V女依然輕而易舉贏得后冠。

回到家的V女，戴起選美的后冠驕傲地站在鏡子前，這次她要向魔鏡證明她是全世界最美的女人

V女：「看吧！這次你還敢說，我不是世界上最美的女人。」

帶著高分貝的尖笑聲，V女得意地邊照鏡子邊向鏡子走去，姿態不可一世，就這樣走著走著，得意忘形的她發現自己竟然走進鏡子裡了，她用力從裡向外敲打鏡面著急地想走出鏡子，卻怎樣也走不出去。

V女：「你這面死鏡子把我關在裡面幹嗎？快放我出去！」

魔鏡：「你在變美的過程中已經把靈魂都交給我了，你現在是我的一部分了，你再也出不去了！還有忘了告訴你，世上沒有最美這回事的，哈！哈！哈！」

V女：「我不要！放我出去！放我出去！」

不理V女的尖叫，魔鏡繼續得意地大笑。

當然這一切都來不及了，你也是個會為美出賣靈魂的人嗎？那你要小心碰見魔鏡。

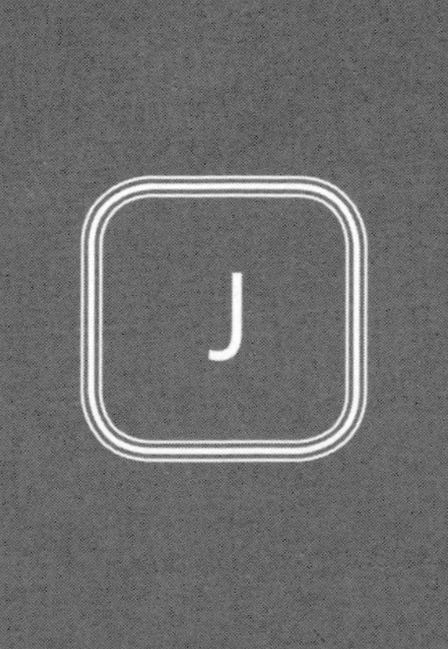
J

她每天下午四點左右都會來到噴水池邊，不像別人會丟一枚錢幣到水池中，許一個願後走開，她會靜靜地坐在水池邊，拿起一本書來看，當J第一眼看見她在水池中側臉的倒影時，J就愛上她了。

她側臉的輪廓實在太像之前放在它身邊的那座女神雕像了，那是J一直暗戀的對象，J一直想找機會跟她說說話，但沒想到剛想好要如何開口時，悲劇就發生了。

一顆不知從哪飛來的足球，好死不死的咂在女神頭上，女神被斷頭了，不知是要怪踢球的人練過大力金剛腳，還是製作雕像的人偷工減料，總之女神就這樣被毀了。

當雕像被搬離開水池的那一天，J哭得很淒慘，想不到自己的初戀會這樣結束，所以當J第一眼見到女孩，看到她的側影時，就想說一定是自己一片癡心感動了上天，才會把女神送回來給它。

心花怒放的它當場就唱起歌來「媽的你不思議」，喔！不，歌名說錯了，是「馬德里的不思議」，有段時間一群小女生拿著一個會放出聲音的鐵盒子，在水池邊一邊放出音樂一邊練習舞蹈，聽她們聊天說起，是為了學校校慶的表演。

那時鐵盒子放出來的那首歌，就是這首「媽的你不思議」，喔！不，是「馬德里的不思議」，J雖然不喜歡女歌手尖尖扁扁的聲線，卻很喜歡這首歌輕快的旋律，很適合此刻它愉快的心情。

就這樣J每天都期待著女孩的到來，女孩只要一天沒出現，J就會變得無精打采，甚至連水都噴不大起來，就這樣J發現自己喜歡上了女孩，開始有了自己的願望。

J很想跟女孩說說話聊聊天，但女孩根本聽不見它說的話，不論它把水噴得多大聲都沒有用，J甚至還想跟女孩談場戀愛，摸摸女孩的小手，它發現自己越來越能體會，那些到自己面前許願人的心情了。

J開始希望有人能像一開始那對情侶，不小心把一枚錢幣掉落在水池中，這樣它就有機會能替自己許個願，但很遺憾的這樣的事並沒有發生。

就這樣一天過一天，J只能癡癡地望著女孩水中的倒影，J發現自己快壓抑不住自己的情感了。當然這樣的事還是要靠天使來解決，所以當天使再來巡視時，J把自己的癡心妄想告訴了天使，聽完了J的願望數了數水池中的錢幣，天使這樣跟J說。

天使：「通常幫人許下一萬個願望後，這個許願池是有權利幫自己要求一個願望的，我剛算了算你水池錢幣的數量加上之前的累績統計，你的水池已經累積了9997個願望，再多3個你就可以幫自己許願了。」

想到很快就可以擁有自己的願望，J的內心雀躍不已，這時將要離去的天使，突然回過頭來提醒噴泉。

天使：「通常為自己許的願望比較不會實現哦！真心為別人許的願比較會實現，你要好好珍惜自己的願望。」

說完話後，天使就飄走了。

天使最後講的話J其實不太聽得懂，但它也不想想太多，現在它只想要別人趕快來對它許願，這樣它就可以擁有自己的願望了。

在等待的過程中，J一直在想要以什麼方式出現在女孩的面前，它聽見許多來許願的少女，喜歡的對象好像都是身材結實精壯的猛男，J心想那自己是不是要從水池中突然冒出來，然後雙手扯開上衣露出有六塊肌的身材，女孩應該會立刻為自己傾倒吧？

還是要騎著白馬出現在女孩面前呢？因為很多女生許的願都是希望能碰見自己的白馬王子，還是拿把吉他突然出現在水池邊自彈自唱為女孩唱首情歌，最好還是特別為她寫的歌，但是……，J想到自己根本就不會彈吉他，歌聲好像也有點抱歉，等待的日子就在J自己的胡思亂想中度過。

第9998的願望，許願的人希望能抽中環遊世界的機票，J覺得它去買張世界地圖會比較快。

第9999個許願的人，許的願很偉大，希望自己可以征服希瑪拉雅山，J希望他能活著回來。

還差一個願望了！J滿心期待著。

一天下午女孩又來到了水池邊，但這次她沒有像以往一樣，靜靜地坐在池邊看書，女孩竟然從口袋中拿出一枚錢幣丟進水池中，閉上眼睛全心全意地對J許願。

女孩：「許願池啊！我最近喜歡上隔壁班的一個男孩，我希望他也會喜歡我，請你幫我實現這個願望。」

J：「什麼？！女孩有喜歡的人了！」

這對J簡直就是晴天霹靂。

J：「她怎麼可以喜歡別人呢？她喜歡的人應該是我啊？她不可以喜歡別人的！」

女孩的願望讓J有點發狂，J不知道自己該怎樣面對這第10000個願望，J此時很想立刻許下讓女孩喜歡上自己的願望，但女孩是那麼充滿盼望，聲音裡滿滿的喜悅與期待，J明白那就是愛，它自己也是這樣喜歡著女孩的啊！再說該讓女孩喜歡上一個噴水池嗎？這樣對女孩好嗎？J的心不斷糾結著，這時J突然想起天使臨走前說的話。

天使：「幫別人許的願比較容易實現喔！」

苦思了一晚上，翻騰了一晚上，心中好不容易下了決定，J已經想好自己的第一個願望要許什麼了。

許願完的第二天，女孩依然來到噴泉旁坐在水池邊看書，就在女孩專心地看著書時，突然有聲音打斷女孩的思緒。

「可以和你做朋友嗎？」

女孩抬起頭，發現喜歡的隔壁班男孩就站在自己身旁，長相斯文戴著眼鏡的男孩，左手抱著一本書右手拿著一枝玫瑰，顫抖著說完話後，男孩羞澀地把手中的玫瑰遞向女孩，從水池的倒影中，J看見女孩驚喜的表情。

女孩：「可以啊！」

伸手接過男孩手中的玫瑰，女孩紅著臉對他點點頭，接下來兩個人就坐在水池邊，愉快地聊起天來，水池倒映著女孩幸福的笑臉。

J：「女孩的笑容真美啊！」

J心裡這樣想著，這時它突然領悟到一個道理，愛本來就應該是成全而不是佔有，你說是吧？

F

今天陽光燦爛，強烈的陽光透過雲層灑落，像透過一層紗一樣變得輕柔，F就在這樣溫暖明亮的陽光下，在風中飄來盪去，這樣悠閒的感覺，在F還是翅膀時從未感受過的。

在還是翅膀時，F有著遠大的夢想和強烈的企圖心，總想要證明自己，那時它不停練習飛行的技巧，急速爬升俯衝向下再即刻拉起，不斷的炫技想證明自己的優秀。

它還不斷和同伴比賽，看看誰能飛得更高，在不斷的競爭中F越飛越高，在一次難得的機會下，它捕捉到一道難得的氣流，就這樣它飛升到了，別的翅膀很少到達的一萬英呎高空。

在那一刻F內心覺得無比的欣喜與驕傲，它終於超越了同伴，成為一雙飛得最高最偉大的翅膀，但在高空飛了一陣子後，F突然覺得很寂寞還覺得很冷，它不想再一個人孤獨地在高空飛行，於是它向下降落回到一般的高度。

但F並不因此而滿足，它還是想要證明自己。

F：「既然已經飛得很高，接下來就要飛得更遠。」

F心裡這樣想著，它決定要環繞世界。

F開始向天邊飛去，由於太想實現目的，F並沒有好好欣賞沿途的風景，只是努力地飛啊飛，雖然最後歷經千辛萬苦環繞了世界一周，但它並沒有獲得很多，只是變得更自大。

F：「我現在已經飛得高又飛得遠，現在還有什麼值得我去挑戰的？」

左思右想快要想破了頭，這時F的腦袋迸出一個瘋狂的想法。

F：「我要挑戰颶風，逆風而行！」

F想如果它挑戰成功，它將是這世上，最獨一無二舉世無雙的翅膀，於是F飛到了大西洋的上空，準備挑戰那17級的颱風。那風是如此的狂暴，在海上掀起滔天的巨浪，天空一片漆黑雷電交加，耳邊只聽得見狂風的怒吼，但F毫不畏懼，為了證明自己的獨一無二，F信心滿滿飛進了風中，但可惜這次的挑戰並沒有成功，F不再是雙翅膀，變成了現在一片在風中飄蕩的羽毛。

一開始F很茫然，因為它再也不能往它想要的方向飛去，只能在風中飄飄蕩蕩。

F很不能接受這樣的生活，它一向都是很有方向跟目的的，像這樣在風中飄蕩的日子，它從未有過很不能適應。

這時F遇見了，一樣飄蕩在風中的蒲公英，蒲公英跟F打招呼。

蒲公英：「你好啊！我是蒲公英，很高興認識你。」

F：「你好我是F，以前是雙翅膀現在是根羽毛，很高興認識你。」

F回應著蒲公英。

蒲公英：「是哦！那你怎麼會變成羽毛的？」

蒲公英好奇的問。

F：「因為我想成為最獨一無二最強大的一雙翅膀，所以我決定挑戰颶風逆風而行，結果沒成功變成了一根羽毛。」

蒲公英：「好奇怪喔！怎麼會有人想這樣做，我們都是順著風飛行，這樣才不會被傷害。」

蒲公英充滿疑惑地回問著。

F：「怎麼會呢？人就是要有企圖心，要不斷挑戰自己，超越自己證明自己的強大啊！像這樣飄飄蕩蕩沒有方向，不知要往何處去？要幹些什麼？才奇怪吧！」

F急著為自己辯白。

蒲公英：「怎麼會沒有方向？風就是我們的方向啊！它會帶我們去該去的地方，遇見該遇見的，發生該發生的事，人生就該如此啊！」

蒲公英的話讓F陷入思考中，

F：「是這樣的嗎？！」

就這樣一路思考著蒲公英說的話，一路在蒲公英的陪伴下飄飄蕩蕩，路途中蒲公英遇見一塊肥沃的土壤，它想在這裡落地生根繁殖後代，就跟F說了再見落到了土地上，剩下F一個人在風中飄飄蕩蕩。

F就這樣一路飄蕩，風停時落在樹上落在屋頂上，風起時又飛起來，就這樣一路飄飄蕩蕩，飄蕩的過程中F經過很多漂亮的地方。

其中一個城市有尖塔有圓頂還有廣場，廣場上有美麗的噴泉，還有露天的咖啡座，很多人坐在那喝咖啡跟紅酒，旁邊還有人拉著小提琴，F很喜歡那悠揚的旋律，很適合F在風中蕩來晃去的心情。牆是紅的屋頂是紅的，連人行道上的磚頭都是紅的，整個城市很有文藝的氣息，還有清澈的護城河，河兩旁種著很多的綠樹，每到一個時刻會有鐘聲迴響在空氣中。

F很喜歡這個城市，很喜歡飄蕩在城市的街道，街道旁有很多商店有美麗的櫥窗，櫥窗裡有很多精緻的物品跟漂亮的衣服，還有走在路上穿著優雅的紳士跟淑女。

隨便轉個彎就會轉進曲折的巷弄，巷弄裡也有很多特別的小店，還有一些住家，住家前面都有美麗的花圃，F經過都會跟那些漂亮的花朵打招呼。還有剛洗乾淨的衣服，它們被吊在曬衣繩上享受著陽光的沐浴，風吹起時它們也會飄起來，可是它們都只能在原地飄動，所以當F飄過它們時，它們都很羨慕F，很想跟F一樣自由地在風中飄來飄去。

F很想停留在這個城市中，很喜歡這裡的陽光，很想在這裡停留，在這裡生活，但風不允許，風一吹F又不得不飄離，F懷念這個城市，希望自己有一天能再飄回去。

在飄蕩的過程中，F最受不了是碰到雨天，每次一下雨，F就必須在原地多停留好幾天，一直等到太陽把它曬乾了，它才能再度飄起來。

有一次它飄到一個小鎮，那個地方剛好是雨季，F就在這一個屋頂上，濕淋淋地待了好幾個月，那真是一段淒慘的歲月，F好擔心自己會不會就這樣腐爛掉，再也飄不起來，好在後來太陽出現了，被曬乾的它又飄了起來，但這段經歷還是讓F心有餘悸，它覺得自己不能再這樣飄盪下去了。

於是有一天在飄蕩的過程中，F對風說話了。

F：「風啊！我到底是要飄去哪裡？還要飄蕩多久？我不想再像這樣

在風中飄飄蕩蕩了。」

風：「那要看你的想法了！」

F：「我的想法？」

F疑惑地問著。

風：「如果你還是想做自己，當一根羽毛，你就會繼續在風中飄飄蕩蕩，但如果你改變想法，不再只是想做自己，而是想替別人做點事，你就能有不同的命運。」

風這樣對F說。

F：「是這樣喔？」

F其實不是很懂風說的話，但由於不想再繼續飄蕩了，F很快地回答了風。

F：「風啊！我不想只做自己了，我想替別人做點事。」

聽見F這樣說，風輕柔的回答。

風：「這樣啊！那很好，你將會有不同的命運。」

風輕輕吹動F往一個村莊吹去，F被吹進了一座像工廠的房子，房子裡有一堆堆的羽毛，F被吹落到一堆羽毛的上方，一個工人經過發現了它。

工人：「快來看啊！這不知是哪裡飄來的羽毛，好漂亮啊！」

工人大聲地對工廠其他人說著，其他人圍繞到工人身旁欣賞著F。

「真是支漂亮的羽毛啊！……」

「看起來很強韌……」

「一定經歷了很多的考驗……」

「是根不可多得的好羽毛，一定可以做一支漂亮的雞毛撢子……。」

眾人七嘴八舌議論著，要把F做成什麼。

「什麼？雞毛撢子！」

F知道那玩意兒，就是把一堆羽毛綁在一根藤條上，用來打掃灰塵的工具，那豈不是每天都要弄得灰頭土臉。

F：「喂！我不是雞毛，我才不要當雞毛撢子，我不要！」

F大聲抗議著，但工人們好像都聽不見它的聲音，就在F開始死心認命準備要當一根雞毛撢子時，有一個工人說話了。

工人：「做雞毛撢子有點可惜，這麼漂亮的羽毛，不如做枚毽子吧！」

這位工人說的話得到大家的認同，F最後的結局，就是被做成一枚美麗的毽子。

就這樣，F就這樣過著每天被人踢來踢去，帶給人歡樂的生活，F很滿意這樣的生活，因為它發現，它能在每天帶給別人的歡樂中找到自己，一個不需要一再證明自己的自己，一個更有意義的自己，而最更重要的是，它還是一枚美麗的毽子。

X

X

驅魔師X一直很珍惜出現在身旁的事物，這不只是因為他聽得見它們的聲音，而是因為X明白，會出現在你身邊的事物，都是和你有關係的。

就像他現在腳上穿的鞋子，就是他上輩子的老闆，由於上輩子他常常壓榨X，對他頤指氣使大聲說話，所以這輩子變成了一雙鞋被他踩在腳底。

而X此刻身上穿的毛衣，就是他某一世的母親，老是怕他著涼的她，這輩子就變成一件毛衣，陪伴著他溫暖著他。

頭上的帽子是他古時伺候的君王，他當時曾賜與X很高的爵位，這輩子的他堅持變成一頂帽子，還是要高高的在X頭上。

所以X很珍惜他身邊事物，除了偶而會用力踩腳下鞋子幾下。

但X最近遇到一個阻礙，他的朋友送他一塊琥珀，一塊漂亮的金珀，有著美麗的金黃色澤，而且特別的是琥珀中還包裹著一片美麗的葉子。

X：「好美麗的琥珀啊！」

X心裡讚嘆著。

由於想知道裡面的葉子是什麼古老的植物，X靜下心來想聽見琥珀的聲音，想跟它說說話，但他發現他無論如何努力，也聽不見琥珀的聲音，這是一直以來未曾發生過的事，X一向都能聽見物品的聲音。

X：「怎麼會這樣呢？」

X心中不停地疑惑著。

X的師傅曾跟他提過，如果有物品的聲音他聽不見，這就表示這個東西跟他有很深的因果糾葛，他必須解開這些糾結，聽見這物品的聲音，修行才有可能再進一步。

X明白自己到了修行的關卡，他必須想辦法聽見這塊琥珀的聲音才行，但X發現不能在家裡做這件事，因為家裡有很多書，而書是最吵的，總是喜歡大聲朗讀自己的內容，表現自己很有內涵，這讓X無法靜下心來跟琥珀好好溝通。

所以X決定離開家，來到山中他修行的小屋，那是一棟位在深山中的小木屋，屋裡鋪著木頭地板陳設很簡單，地板上放著一個蒲團，蒲團的前方有一個木頭的小茶几，茶几上放著一個陶製的水杯和一個銅製的燭台，四周的牆壁上畫有符咒般的圖案，這是X師父留下的咒語，能形成一個結界般的空間，讓在裡面修行的人不被外界侵略干擾。

關起了窗拉上窗簾在黑暗中點起蠟燭，X就這樣靜靜地坐在蒲團上，在柔和的燭光下，雙眼專注地凝視琥珀，想看透它聽見它的聲音。

一般來說只要這樣做，X的心靈便有辦法透過眼神進到物品中，找到物品的靈性跟它溝通，找到事物不說話的癥結，打開它然後聽見物品的聲音，但X發現，這次他根本無法看透這塊琥珀，進入它的世界中。

X：「怎麼會這樣呢？」

X百思不得其解，難道這琥珀被下了封印？

為了能進入琥珀，整個下午X搬出了師傅傳授給他的所有咒語，不停地對琥珀唸誦，希望能解開封印，但琥珀依然沒有反應，一副得了自閉症的德性。

X：「師傅的咒語一向很有效的，難道是這塊琥珀中沒有靈性的存在？」

X這樣疑惑著。

但看看這塊琥珀閃耀著金黃的光彩充滿著生命力，不像沒有靈性存在的感覺，一般沒有靈性的物品，看起來都是死氣沉沉沒有光彩的，百思不得其解，但由於已經是晚上，X決定休息一下，明天一大早再繼續。

隔天早上一起來，X想到一個新法子，他決定把琥珀放在掌心中打坐，想藉著身體的氣與琥珀貫通進入琥珀裡面，X就這樣捧著琥珀打了一整天，手上的琥珀光彩越來越閃耀，質地也越來越通透，但X還是無法進入琥珀中。

X：「怎會如此呢？」

就在X快要放棄時，X突然想到一個方法。

「松樹！我可以去問松樹啊！」

X知道像琥珀蜜蠟原本都是松樹的樹脂，被埋在地底經過好幾億年地層的壓力最後才變成寶石，而X所在的深山中剛好有一群松木，其中有一棵已經活了好幾千年，是一顆非常有智慧的神木知道很多天地的秘密，之前X曾跟師傅去拜訪過它。

X：「可以去問老松樹，它應該會知道如何跟這塊琥珀溝通的。」

想到這，X不禁興奮了起來。

第二天一大早起床，X便走出了小木屋往松木群走去，走過曲曲彎彎的小路，穿越一陣陣的濃霧，X知道像這樣的老森林都有山神守護，霧就是山神佈下的結界，一般人很難接近，一走進也很容易迷失，但對於像X這樣的驅魔師來說就容易的多。

穿過了濃霧後，X進了一個山谷，兩邊的樹木越來越高大，經過了一個瀑布後，X終於走到像山一樣高大，形狀像一座尖塔的老松樹前。

看到X的到來，老松樹很高興。

老松樹：「有一段時間沒看見人類了，很高興看到你！小夥子上次看到你還是個小孩子，現在也長大了，你師傅呢？怎麼沒看見他？」

X：「我師傅喔？不知道跑去哪閉關了，我也有一陣子沒看見他了，你好啊！我也很開心看到你。」

X開心地跟老松樹寒暄。

老松樹：「你這麼老遠地來找我，應該是有什麼事吧？」

老松樹開門見山地問X。

X：「朋友送我這塊琥珀，但我聽不見它的聲音，我用盡所有方法都無法跟它溝通，所以我才來找你。」

X一邊對老松說，一邊取出放在自己懷中的琥珀，看見X取出的琥珀，老松樹露出肅然起敬的神情。

老松樹：「琥珀！那可是我們松樹精魄的所在啊！」

老松樹一邊說一邊彎下樹枝，像鞠躬一樣用那如針般的葉子，輕輕觸碰X手上的琥珀，觸碰完後老松樹挺直身子陷入思考中，X在一旁安靜等待，停了一會老松樹開口說話。

老松樹：「通常發生這種事有兩種狀況，第一種是這塊琥珀裏藏著古老的秘密被下了封印，不是有緣的人是無法打開它進入它。第二種狀況是有靈體寄託在它身上，這靈體不肯讓你發現所以你無法進入，我剛剛觸碰的結果應該是第二種。」

X：「是喔！那有辦法打開它嗎？」

老松樹：「你要知道琥珀是封印力很強的寶石，你看連幾億年前的秘密都能好好保存在裡面。」

X知道老松樹講的，是那片包裹在琥珀裡的古老葉子。

老松樹：「所以那靈體會選擇琥珀託付，表示它真的不想讓你發現。」

X：「是喔！所以打不開嗎？」

X著急地問。

老松樹：「這次你找對人了，不！是找對樹了，沒有任何別的事物比我們對琥珀更了解了，我知道一個方法可以跟它溝通，這個秘密只有像我這樣資深的老松樹才知道。」

X：「是喔！可以告訴我嗎？」

驅魔師臉上露出驚喜的表情。

老松樹：「看在跟你師傅的交情上，我可以跟你講這個秘密，你要知道琥珀是松樹精魄的化身，也可以說就是松樹的靈魂，所以你也必須用你的靈魂才能進入。」

X：「靈魂啊！」

聽到這X露出失望的表情，因為要練到靈魂能離開身體，是一個高深的境界，X目前並沒有辦法做到，也不知道自己要多久才能做到。

X：「看來要等好一陣子了！」

聽見X失望的口氣，像是知道驅魔師在想什麼，老松樹搖晃枝葉繼續對X說話。

老松樹：「其實不用等靈魂離開身體，有一個方法很簡單就可以做到。」

X：「是什麼？快告訴我？」

驅魔師露出驚喜的表情。

老松樹：「你應該知道眼睛是靈魂之窗，所以靈魂其實是藏在眼淚中，所以只要有一滴真心的眼淚就能打開這封印，容易吧！」

X：「一滴真心的眼淚啊！」

驅魔師恍然大悟地點點頭。

向老松樹道了謝，X啟程返回山中的小屋，一路上思索著老松樹的話。

「一滴真心的眼淚啊！」

這對X來說，這又是另一個難題。

因為對X這樣的修行者來說，由於平常都在打坐，心情都維持在一種平靜的狀態很難有巨大的波動，X已經有很久都沒掉過眼淚了。

回到山中的小屋，X開始回想自己最近一次落淚是在什麼時候，X想起自己最後一次落淚是好幾年前的事，是在一個朋友家看一部舊電影，那部電影講的是一對身在不同時空的男女，透過一個可以穿越時空的郵箱，頻繁來信而變成戀人，後來兩人相約在未來的某一天見面，但男主角卻沒出現，就在女主角死心準備嫁給別人時，發現男主角是為了趕赴她的約會，出車禍死在路上……。

X不知道這種穿越時空的戲碼，為何能感動自己，但那天他的確留下了眼淚，一滴真心感動的眼淚。

關於時間這東西X一直是很清楚的，雖然人常說要「Seize the day」要把握當下掌控時間，但X很清楚人並不是時間的主人，時間才是人的掌控者，時間一直都在，人只是時間的過客，是時間在掌控人，人如果想擺脫時間的掌控，唯有修行一條路，這也是X選擇當個驅魔師的原因。

就在X回想電影劇情的同時，X的眼角也不自覺地落下一滴淚，而這滴淚剛好就落在手上握著的琥珀上，瞬間X的思緒溶進了琥珀中進入了琥珀，X發現這塊琥珀裏儲藏著很多記憶。

開始X看見一間古代的閨房，一對年輕的夫婦在房間裡嬉鬧著，男的要幫女的畫眉，女嬌羞推卻但男的堅持，男的開始認真的畫著，女的則用很深情的眼神注視著男的，情景恩愛非常，接著畫面模糊了起來。

空間跳到一個漁村，一個女子在補著破了的魚網；接著女子來到了漁港，在港口對著出海捕魚的丈夫揮手，眼中滿是不捨的神情；接著女子變到山邊，痴痴地望著大海，眼裡除了盼望還是盼望，就這樣一天又一天，女子變成了一個石像。

空間接著跳到一間寺廟，一個男子準備要剃度，旁邊一個女子跪在地上像是在苦苦哀求，男子搖頭不肯答應，X努力想聽見女子對男子說的話，但隱約只能看見女子模糊的嘴型什麼都聽不見，就這樣X從琥珀中醒了過來滿頭大汗。

X：「女子到底在說甚麼？要怎樣才能聽見女子說話的聲音呢？」

X知道這塊琥珀裡的記憶跟自己應該有很大的關係，一定有什麼原因讓這塊石頭不肯跟自己說話，不想讓自己聽見它的聲音。

對X這樣的修行人來說，看見別人的前世今生很容易，看見自己的卻很難，只能藉著跟自己有關的事物慢慢去了解，他現在迫切想要聽見那女子說的話。

休息了一陣後X再度進入了琥珀中，找到女子說話的那一刻，但X還是聽不見女子說的話，但X看得見女子的嘴型，就像看錄影帶一樣，X不停倒帶看女子的嘴型。

女子第一個說的字，好像是「我……」，第二個字……，是「只……」嗎？第三個字應該是「想……」，「我只想……」。

X：「只想什麼呢？」

X聚精會神繼續看下去。接下來的嘴型好像是「陪……」，下一個字應該是「伴……」，「我只想陪伴……」。

就在X看清楚最後一個字時，耳朵響起一個女子的聲音，

女子：「我只想陪伴你！」

X終於聽見琥珀說的話了。

從琥珀中醒了過來，心神大受震盪的他呆呆地望著琥珀久久不能言語，就這樣看著琥珀一夜，第二天一早X回到山下，找到一個自己熟悉雕刻玉石的師傅，他決定要把它變成一個墜子，一直戴在自己的身上。

0

O

在那朵雲離去後，O女就常常望向窗外看天空上的雲，今天天上的雲很不安穩，不是靜靜地移動，而是以一種頻率不安湧動中，看著天上快速移動的雲，O女心中也不禁暗湧了起來。

「學長收到我的思念了嗎？」

「學長想起了我嗎？」

「學長還記得我嗎？」

腦中浮現一個又一個的疑問，但每個問題都沒有答案。

其實這幾年，O女也有透過一些系友了解學長的近況，他知道學長在南部唸研究所，畢業後就在那所學校當講師，學長的女朋友出國唸書了，有一段時間沒回國，她不清楚他們感情狀況如何，只知道他們還沒結婚。

O女也曾將自己暗戀學長的事，告訴自己一個同性的蜜友，這個蜜友和O女是截然不同的類型，敢愛敢恨敢做是個很實際的現代女性，不像O女是個純情派，個性雖然相差很大但卻是很好的朋友，這麼多年來她們彼此分享彼此的心事。

那個蜜友一聽見學長的女友出國唸書，就強烈建議O女要趁這個機會多多接觸學長。

蜜友：「你那麼喜歡他？應該現在就要搬到南部去啊！然後在你學長

任教的學校旁租一間房找一個工作，然後再製造一個巧遇……」

蜜友說得興高采烈。

蜜友：「然後趁他女友不在身邊的這段空窗期，多陪伴他多照顧他，悄悄透露愛意把他搶過來。」

O女：「這樣做好嗎？」

O女猶豫地問著，

蜜友：「就是要這樣，我有很多女的朋友為了得到想要的男人，還追到美國去陪留學的男朋友讀書，幫他煮飯洗衣服還提供身體的服務，這樣才能抓住自己想要的人，得到自己要的……」

蜜友越說越興奮。

蜜友：「南部只是一段短短的距離，現代女人想要得到自己想要的感情，就是要像這樣認定目標制定策略貫徹執行，才能得到自己想要的，愛不是等來的。」

蜜友講得斬釘截鐵，對於把愛情的追求講得像是一個PRESENTATION，一個提案一樣，O女還是第一次聽見。

但對於這樣充滿手段的愛情，O女實在是無法接受，她覺得愛就是要自自然然的，O女覺得當兩個喜歡的人相遇，就應該會知道彼此就是彼此命定的另一半，會互相吸引不自禁的表露愛意，全心的奉獻然後自自然然的在一起，O女覺得真正的愛情應該是要這樣的。

O女很不喜歡那種追來追去的愛情，她覺得那樣的愛太刻意，玫瑰花禮物這些彰顯愛情的手段，最後只會讓愛變得很愚蠢。

蜜友也曾問她，

蜜友：「這樣花九年暗戀一個人，不會太浪費自己的生命嗎？」

O女的回答是不會，因為她認為相愛的目的，是要在自己的心裡找一個人，心裡有個人可以想念，在需要時心不會空空的，一切就踏實了，生命也有了活過的感覺。

O女也看過很多情侶，表面上看似在一起，但實際上心裡都沒有對方，還在不停地尋找別人，彼此只是彼此安慰寂寞的對象，O女覺得那樣的愛情還不如現在她一個人，一個心中有一個人的愛情，每次想到學長心都滿滿的，O女很喜歡這樣的感覺。

對於O女這樣的想法，蜜友覺得很不可思議。

蜜友：「戀愛可以一個人？做愛總要兩個人吧？你的身體呢？你都不會想嗎？」

蜜友說話總是這樣直接坦率，像一把鑰匙狠狠用力插進O女心中的那個洞，只要再輕輕一扭就能打開關起的那扇門，讓潛藏在裡面的慾望狂洩而出。

O女很羨慕蜜友這樣的女性，總能坦白面對自己的慾望，把愛當作用來填飽慾望的食糧，O女不行只能壓抑。

但即使如此慾望還是會在夜半敲門，倉促的、慌亂的、急速的、用力的、不停地敲門，像趕不走的鬼魅，如果堅決不打開，它就會化身為海浪一波又一波拍打著她的身體，她緊抓著最後的防線不敢有太過份的想像，怕那海水變成一個平面，直立起來淹沒自己。

O女明白愛不會令人受苦，讓人備受折磨是慾望，愛可以一個人但慾望不行，心靈想要超脫肉體卻想沉淪，O女其實也不清楚，自己能這樣掙扎多久。

所以O女心中還是希望，能夠把這一個人的愛情變成兩個人的愛情，她希望能躺在學長的身旁，呼吸他的氣息感受他的體溫觸碰他的身體，糾纏他的軀體然後結合在一起，把兩個人的愛情再變成一個人。

她心中滿滿的愛跟慾望都需要有出口，O女覺得自己就像是顆被飽脹的氣球，隨時都有撐破的可能，她需要一個出口。

所以從雲朵離開後，O女一直希望能得到一些回應，窗外雲湧動的越來越厲害，一朵朵小雲從雲層不斷湧出向遠方飛去，像在傳遞什麼訊息。

O女：「今天天上的雲可真忙碌啊！」

望著天空O女心中這樣想著，這時放在桌上的手機突然震動起來，拿起來一看，螢幕顯示出一個陌生號碼。

O女：「是誰呢？」

O女心中疑惑著接起了手機。

O女：「喂？！」

電話那頭傳來，想念已久的聲音。

H

秋天了，樹葉開始變黃凋落地，上鋪滿了落葉，氣候也開始由悶熱變得乾燥涼爽，還帶點冰。

冰，的確，空氣冰冰的。

H君：「畢竟是北方的城市啊！」

H君心裡這樣想著。

在H君的家鄉，是不會有這樣的秋天的，為了工作，H來到這個離家很遠的北方城市，已經有兩三年的時間了。

在H君的家鄉秋天會稍微涼一點，但不會這樣乾燥涼爽，空氣不會冰冰的，時間也很短，不會像這個北方的城市有分明的四季。

H君很喜歡這個城市的秋天，每到秋天這個城市會颳起西風，西風會把整個夏季堆積在這城市上空的鬱悶刮得一乾二淨，天空開闊了起來，空氣不但冰更變得清新，呈現類似水晶的質感，讓陽光不只燦爛更晶亮，讓整個人醒了過來，從沉悶炎熱渾沌的夏天中醒了過來，H很喜歡這樣的秋天。

因此每到秋天，就是H君開始在這城市四處溜搭的日子，這個城市是個歷史悠久的古城，有很多美麗壯觀的古蹟，但H君覺得這個城市最吸引人，不是那些古蹟而是些老房子。

這些從舊時代保留的老房子，原本是這個城市該有的風貌，但由於都市發展的關係，很多都拆掉了蓋起了高樓大廈。H君其實很不明白，為何一定要把老房子拆掉蓋高樓大廈，不能把老房子好好整修一下來住人嗎？高樓大廈雖然住起來舒服，但卻是那麼的冷漠高傲有距離感，不像低矮的老房子那樣擁擠熱鬧讓人容易親近，有時候晚上，H君來到被拆掉的老房子區，站在一片只剩瓦礫的荒地上，看著遠方黑暗中燈火輝煌新蓋起的高樓，H君心中都有一種莫明的感傷，H君的家鄉是個大城市，他一直清楚，住在城市的人是多麼的寂寞。

但好在還有些區塊被保留了下來，每到秋天，H君就喜歡到這些老房子逛逛。每次一走進這些區塊，走在裡面的巷弄中，H君心中就有一種奇妙的感覺，覺得時間好像變慢了，時間的滴答聲好像延長了，人鬆了起來腳步放慢了，心就這樣悠悠地蕩了起來，很像走進了一條時空隧道，從一個焦躁的城市穿越到一個悠閒的年代，H君很喜歡這樣的感覺。

有時走著走著，H君還會不自禁的唱起歌來。

「去年我回來 你們剛穿新棉袍

今年我來看你們 你們變胖又變高

你們可曾記得 池裡荷花變蓮蓬

花開不愁沒顏色 我把樹葉都染紅」

是秋天就應該唱點應景的歌，「西風的話」是H君最熟悉關於秋天的一首歌。他很喜歡它的旋律，優美滄桑帶點感慨歌詞更是琅琅上口，H君就這樣不自覺地唱起歌來。

在巷子裏遇到人時就小聲點，沒人時就唱大聲點，就這樣一路愉快地走唱著，這時H君拐進一條小巷，看看左右沒什麼人，H氣聚丹田拉大著嗓門唱著。

「去年我回來，你們剛穿新棉袍……。」

就在H君自我沉醉，自己有共鳴感低沉渾厚的歌聲中時，H君感覺到好像有人在跟他合唱。

「剛穿新棉袍……」

H君回首四望，巷子裡除了他，沒有別人啊！

H君：「巷子沒人啊！」

想說可能是巷子的回音太好，H君決定不理它繼續放聲高歌。

H：「今年我來看你們，你們變胖又變高⋯⋯」

「今年我來看你們，你們變胖又變高⋯⋯」

這次合唱的聲音更明顯了，聲音簡直就想是在他耳邊唱的一樣，四下望望巷子空蕩蕩的，除了吹過巷子的風，整條巷子就只有H君一個人。

H君心裡開始發毛了，這種老房子區鬧鬼的傳聞也不只一樁兩樁的，而且白天都能出來鬧的鬼一定更兇，想到這H君立馬就想拔開雙腿，以百米的速度衝出這條巷子，這時H君的耳邊聲音又響起。

「不要害怕，我不是鬼我是西風！」

如果是遇鬼還好理解，聽到是西風就讓人摸不著頭腦，一陣疑問上頭，H君的腳步就遲緩了起來。

H君：「西風？西風也會說話？西風不是只能碰跟槓嗎？」

一緊張，H君說話也語無倫次了起來。

西風：「還能胡啊！看來你很愛打麻將，世上萬事萬物都會說話的，只是我們不常對人說話。」

西風這樣對H君說。

H君：「是哦！那你幹嘛對我說話？」

西風的話引發了H君的好奇心。

西風：「因為你在唱我的歌啊！唱得還蠻好聽的，我就忍不住跟你合唱，對你說話了。」

聽得西風這樣說，H君不禁得意了起來，H君還蠻自豪自己的歌聲，尤其喜歡聽人稱讚他的歌聲，這下H君覺得自己的距離一下子跟西風拉近了，不再那麼害怕。

H君：「哈！我的歌聲是蠻多人稱讚的，謝謝啦！哈！」

就這樣，H君跟西風聊起天來了。

H君：『你也知道「西風的話」這首歌啊？』

西風：「當然啊！那年我吹過上海，那個叫黃自的年輕人正絞盡腦汁在為這首歌譜曲，我看他那麼苦惱就在他耳邊吹啊吹，把一些旋律吹進他腦袋裡，他才寫出這首歌的。」

H君：「是哦！想不到你也是原創者啊！」

想到西風剛剛稱讚自己歌聲好聽，H君也趁機吹捧一下西風。

西風：「那是當然的，歷朝歷代以來，我可是和你們很多文學家，一起創作出很多了不起的文學作品呢！」

H君覺得西風突然一下壯大起來，驕傲了起來。

H君：「是哦！有哪些啊？」

H君好奇地問著。

西風：「那真是太多了，真要說那是三天三夜也說不完。」

頓了一口氣，西風繼續向下說。

西風：「不過我很懷念唐朝那個年代，那時大家都在寫詩，是個文風鼎盛的年代，那時我和很多詩人一起創造出很多首詩，其中有一個人我印象特別深刻，叫李白！你認得嗎？」

西風這樣問著。

H君：「當然知道啊！那可是個有名的大詩人。」

西風：「是啊！特有才情的，狂放不羈的個性很像我兄弟北風，我可和他一起創作了不少詩作。」

就在H君懷疑西風是不是借李白來炒作自己時，西風此時咏出了一首。

西風：

「秋色無遠近　出門進寒山
白雲遙相識　待我蒼梧間
借問盧耽鶴　西飛幾歲還」

H君雖然不是中文系畢業，但也是個靠文字維生廣告公司的創意文案人員，古詩也是懂得幾首，知道這是李白的「贈盧司戶」，是李白幫好朋友盧耽鶴送行時，寫得一首詩。

西風：「『秋色無遠近　出門進寒山』，這兩句多有才氣啊！」

聽見西風陷入自己過往才情自我陶醉中，H君趕忙提出別的問題。

H君：「那你最近有什麼別的詩作嗎？」

西風：「我最近不寫詩了，都在創作詞曲。」

H君心想這西風還真趕流行，連詞曲都創作起來。

西風：「沒辦法啊！你們現代人都不讀詩啦！不過也不能怪你們，你們現代詩人都很自我，我很難進入他們思想中參與創作，寫的詩通常也只有他們自己看得懂。你們的詞曲創作人比較好進入，所以我現在改寫詞曲以情歌為主，很多有關秋天的歌，跟我都脫不了干係，還常上排行榜呢！」

西風越說越得意。

H君：「該不會伍思凱的『秋天別來』，也是你激發的吧？！」

西風：「你說小伍嗎？那是當然的。」

一副跟伍思凱很熟的樣子，西風大言不慚的回應。

看來所有跟秋天有關的創作，最後的功勞都要掛在它身上，H君此刻覺得西風比較像愛搶功勞的自大狂。

就在H君對西風的話，有點不以為然的同時，西風竟然嘆氣來起來。

西風：「唉！」

H君：「怎麼了？！」

H君疑惑地問。

西風：「你剛剛唱的歌讓我很感慨？」

H君：「你是說『西風的話』？！」

停了一下，感覺像喝了口水，西風繼續向下說。

西風：「是啊！這些年我每年回來，發現這片大地被破壞得太嚴重了，很多我吹過的湖消失了，山不見了，河水變得很髒，海平面不斷上升，氣候變得異常不穩定，這樣下去，我很怕有一天回來會看不到你們了！」

西風擔憂地說著。

想不到西風不只是個會創作的文青，還是個會憂國憂民憂世界的文人呢！不過H君知道西風說的都是真的，地球的環境真的被破壞得太嚴重，不用提臭氧層的破洞，北極冰山的溶化……，光H所在的這城市，春夏的空氣，就糟得必須戴口罩才能出門。

H君：「是啊！那要怎麼辦呢？」

H君擔憂地回問。

西風：「所以我現在都沒有文藝的心情了，比較不會跟創作的人說話，我比較常說話的對象，變成是環保人士跟科學家，希望能給他們一些靈感，找到解決環境污染的方法，希望一切都還來得及。」

聽完西風說的話，H君不僅對西風肅然起敬了起來，開始相信自己說話的對象，是一個風的神靈，不是什麼其他的魔鬼蛇神，剛想對西風表達些敬意，西風又講起話來了。

西風：「跟你聊天過後，我又有了新的想法，我要繼續地吹，跟其他更多人說話，把環保的觀念吹進每個人的心裡去，再見了！」

說完再見之後，風中就再沒有了聲音，想不到西風變成環保人士了。

站在風中思量一陣子後，H君決定回家去，把今天跟西風的對話寫成一篇故事，除了希望大家都能聽見西風想說的話，也希望大家走在路上，如果聽見西風對你說話的話，不用太害怕。

M

有一對老夫妻住在山腳下，白天老公上山到森林裡砍材，老婆就到溪邊洗洗衣服。

今天老太太開心地在溪邊洗衣服，邊洗邊唱起歌來，這時水面上飄來了一顆很大的桃子。

老太太：「怎麼會有這麼大的桃子啊？」

正當老太太張大嘴巴，驚訝地看著漂過來的大桃子時，好死不死，桃子還自己漂到了溪邊，老太太趕緊上前撿起了桃子。

老太太：「這一定是老天給我的禮物！」

老太太欣喜若狂，把大桃子放在洗衣服的大木盆上，跟著洗完的衣服，一起帶回了家中。

黃昏時，砍完柴回到家的老先生，看到大桃子也很開心。

吃晚飯的時候，老夫妻倆就在餐桌上討論起，要如何吃這顆桃子。

老太太：「這顆桃子這麼大，我覺得光生吃會吃不完，最好來個三吃，一部份生吃一部份榨成汁，還有一部份醃成蜜餞存起來，這樣才不會浪費。」

老先生覺得這建議很好，就同意了老太太的做法。

吃完飯後兩夫妻便開始動手處理桃子，當老太太拿起大菜刀準備往桃子身上切下去時，桃子說話了。

桃子：「吃我吃我吃我！不要不要不要！」

想不到桃子會說話，老太太手中的刀嚇得掉落地上，老先生趕緊上前撿起掉落地上的菜刀護在老婆婆身前。

老先生：「桃子會說話一定是妖怪，看我收拾你。」

老先生舉起刀要劈向桃子，桃子趕緊求饒。

桃子：「我不是妖怪，我叫做MOMO，是王母蟠桃園裡的仙桃，因為園子裡實在太無聊，趁守園的人不注意時，偷偷跑到人間玩一玩，我不是妖怪。」

聽到桃子說自己叫MOMO是仙桃不是妖怪，就在老夫婦猶豫要不要相信時，叫MOMO的桃子，立即為自己身為仙桃的信用加碼。

MOMO：「雖然我沒有天庭認證跟仙界安全標章，就算有，我想你們現在食品安全這麼糟糕，你們應該也不會相信，但由於我是一顆仙桃可以幫人實現願望，只要你們放過我，我就幫你們實現一個願望，這樣你們就知道我是不是仙桃了。」

聽見桃子這樣說，老夫妻開始有點相信了，兩人便在一旁討論起來，要桃子幫忙實現什麼願望。

看到這，各位看倌一定以為老夫婦會許願要一個兒子，然後仙桃就自己打開，迸出一個兒子給老夫婦，兒子的名字就叫桃太郎，以後長大還會去打魔鬼黨，故事會是這樣嗎？各位看倌請繼續向下看。

老夫妻討論一陣後，終於想到自己要的願望是什麼，但這願望好像不太好啟口，夫妻兩個人推來推去，最後還是老先生鼓起勇氣走向前跟桃子開口。

老先生：「我們年紀大了，生理機能退化好久沒那個了，我們想要那個。」

MOMO：「那個是哪個？」

桃子聽得丈二金剛摸不著頭緒。

老先生：「就是那個啊！」

老先生羞赧地對桃子比了個手勢。

MOMO：「是那個啊！」

桃子終於搞明白，那個是那個。

MOMO：「很簡單啊！你們只要從我身上割下一小片桃肉，吞下就可以。」

聽桃子怎樣說，老先生立馬上前拿刀切了仙桃兩塊肉，肉切下時仙桃痛得唉唉叫，但神奇的是肉一割下後馬上又長了出來，就在仙桃忙著恢復自己時，老夫婦倆也吞下了小片的桃肉。

一吞下桃肉的他們，身體內立刻感覺到有青春火焰在燃燒，那熱度是如此強烈直接，老夫妻猴急地脫光衣服在仙桃前辦起事來。

在天庭清淨過活的仙桃，哪見得了這樣醜事趕緊大喊。

MOMO：「回房間去做……不要在我面前……好害羞喔！……」

慾火中燒的老夫妻倆哪聽得進桃子的話，老先生把老太太翻在餐桌上，繼續激烈地運動中。老先生雖然年紀大，但身為樵夫的他，長時期的森林勞動，還是讓他結實的身體佈滿肌肉的線條，老太太臉上雖然有皺紋，但脫下衣服，身體的肌膚還是很白皙柔嫩。

就這樣看著看著，MOMO面紅耳赤了起來，身體也由桃紅色慢慢變成了深紅色，就在老夫妻達到高潮的那一刻，火燒般的桃子也「啊！」的一聲打開了，緊接著傳來洪亮的啼哭聲，一個嬰兒出現在打開的桃瓣中，是個帶把的。

想到不但能辦事還能憑空得到一個兒子，老夫婦倆開心地不得了，從桃瓣中抱起小孩，夫妻倆決定給孩子取名叫做「桃太子」，因為他們覺得這個從桃中誕生的小孩，不是肉體凡胎，以後一定會成就一番大事業，建立一個屬於自己的王國。

至於剩下的桃瓣當然就被醃成蜜桃乾，會是這樣的結局，是因為筆者我本身很愛吃蜜餞，就這樣本篇故事，

「完」。

作者　張永霖

從事廣告創意工作二十多年，平時用詞犀利，但言詞下包裹的是一顆柔軟的心。充滿幻想，對周遭事物有很多感觸，有很多浪漫的童心與天真。

東說西說東西說

作者　張永霖
發行人　劉鋆
美術設計　胡發祥
插圖　徐銘宏
責任編輯　王思晴
法律顧問　達文西個資暨高科技法律事務所
出版者　依揚想亮人文事業有限公司
經銷商　聯合發行股份有限公司
新北市新店區寶橋路235巷6弄2樓
電話　02-29178022
印刷　禹利電子分色有限公司
初版一刷　2015年5月／平裝
定價　320元

國家圖書館出版品預行編目資料

東說西說東西說 / 張永霖 著----初版---新北市：
依揚想亮人文事業　2015. 5
面：13x19 公分
ISBN 978-986-88400-5-8(平裝)

1.文學　2.城市　3.心靈

857.63　　104005701